奇緣

시 계 문 학

초판 발행 2015년 11월 25일
지은이 시계문학회

펴낸이 안창현 **펴낸곳** 코드미디어
북 디자인 Micky Ahn
교정 교열 성건우
등록 2001년 3월 7일
등록번호 제 25100-2001-5호
주소 서울시 은평구 갈현1동 419-19 1층
전화 02-6326-1402 **팩스** 02-388-1302
전자우편 codmedia@codmedia.com

ISBN 979-11-86104-31-6 03810

정가 10,000원

기연

시계문학 여덟 번째 작품집

파릇파릇 봄의 설레임이 엊그제 같았는데 어느새 가을을 넘어 또 한 해가 저물어 가고 있습니다. 늘 그랬듯 새해 첫날에는 많은 다짐을 하지만 십이월이 다가오면 한 것보다 하지 못한 것이 더 많아 후회를 했습니다. 그러나 시계문학회와 함께하기 시작하면서 후회는 보람이 되었습니다. 이번으로 여덟 번째를 맞이하는 시계문학회 동인지는 함께라는 문우들의 끈끈한 정과 문학으로 탄생하게 되었습니다.

동인지는 이른 봄부터 시계의 글밭에서 섬세한 감성과 맑은 영혼들의 속삭이는 산물입니다. 그 속삭임들이 울림이 되어 고운 가락으로 뽑아지고

그것이 음보로 쌓이고 쌓여 소중한 하나로 엮어졌습니다. 희로애락의 진솔한 언어들이 글의 노래가 되었기에 더욱 값진 것입니다.

이제 글의 합창이 메아리 되어 큰 울림으로 멀리멀리 퍼져 나갈 것입니다. 그리고 오래도록 길게 이어져 나갈 것입니다. 메말랐던 귀를 열고 가슴을 축이고 영혼에 물길을 내어 문학이 숨 쉬는 세상이 되길 바랍니다.

끝으로 한결같은 열정으로 자상히 보살펴 주신 지도 선생님, 언제나 살뜰하고 따스한 마음으로 함께한 문우님들께 깊은 감사의 마음을 드립니다.

시계문학회 회장 박명규

Contents

04   회장 인사

204   문학 이론 **지연희 (시인, 수필가)**
          문학과 삶의 거리

탁현미

13   언제부턴가, 문이
14   무제
16   미아들
17   상상

박명규

19   촛불
20   바람의 연
22   그냥 그렇게
23   그 섬
24   오월, 호숫가에서

임정남

26   달빛 친구
28   설익은 목소리
30   머뭇거리다 쓴 가을 편지
32   비로소 보이는 것은
34   가을은 아리다

이순애   수필 36   지금 이 순간이 좋다
             수필 39   효자 이야기
                 43   바늘구멍
                 44   밝음으로
                 45   아침 산

김옥남   47   가을 엽서
                 48   이대로 머물고 싶다
                 49   여자의 별 하나
                 50   사색
                 51   그땐 몰랐지

박진호   54   봄 햇살
                 55   어릿광대
                 56   기연
                 57   운칠기삼
                 58   벗

김복순   60   운전 중이란 걸 잠시 잊고
                 62   엄마와 딸
                 64   당신은 나의 거울
                 65   태의 문 열고
                 66   아파

손거울   수필 68   63년만의 만남
             수필 71   나의 텃밭
             수필 75   일상의 탈출

작품은 시와 수필로 구성되어 있으며 수필 작품은 수필 아이콘을 표시해 두었습니다.

Contents

이광순   80   민들레꽃 피다

82   강물에 들다

84   염전

85   그 겨울나무는

86   밀라츠카 강의 다리

최완순   수필 89   제주가 좋은 것은

수필 93   내 인생 내가 사는 것

수필 98   주는 마음과 받는 마음

박옥임   103   고마워

104   상처

106   단풍 Ⅱ

107   필부의 노래 Ⅱ

108   이팝나무 아래서

권소영   110   봄, 꿀

111   입추

112   여름 독서

114   눈사람을 만들어요

116   행복한 불모

이홍수   🔵수필 119   아름다운 이별
            🔵수필 122   새바람
            🔵수필 125   여름 전원

황혜숙   129   해바라기
               130   길에서
               132   담쟁이
               134   겨울 바다
               136   가을 산에서

정선이   🔵수필 139   성탄절의 추억
            🔵수필 142   제나, 람보
            🔵수필 145   돌파구에서

최레지나   149   푸른 가을 하늘
               150   솔향기
               151   침묵
               152   무지개
               153   연둣빛 5월

김은자   155   병환
               156   복숭아로 살아보기
               158   두 길
               160   5월
               161   소중이

Contents

이개성   163   첫눈

164   일몰

165   추억이 담긴 벤치

166   그리워

167   탕수육

심웅석   169   시작

170   사랑 한 근

171   생의 끝자락에 서면

172   당신은 누구십니까

174   반추

윤정희   수필 176   언니 형부 하나 만들어줘

수필 181   소망이와 사랑이

수필 186   내 마음의 풍경 무자위

191   부치지 못한 편지

192   그리운 할머니

194   그대 있음에

민연숙   196   고향 생각

197   박꽃

198   목련

199   어머니

201   여름

탁현미

떠도는 바람처럼, 무심히 흐르는 구름처럼
자유로운 영혼으로 남고 싶다

시

언제부턴가, 문이

무제

미아들

상상

P R O F I L E

서울 출생. 『문파문학』 시 부문 신인상 당선 등단
한국문인협회 위원, 시계문학회 회장 역임, 문파문학회 회장
저서: 공저 『너의 모양 그대로 꽃 피어라』 외 다수

언제부턴가, 문^門이

언제나 묵묵히
그곳을 지키던 문

언제부턴가
거대해진 배를 흔들며
낄낄거리고 투덜대면서
빈정거리며 내미는 검은 손
살랑살랑 화해의 손짓으로
때론 거친 거부의 손짓

언제나 망설이며
잡는 화해의 손

무제 無題

매미가 운다 비바람 속에서

성난 바람이 하늘을 덮듯

큰 팔 벌리고 달려올 때면

언제나 그러했듯이

힘없이 이리저리 쓰러지는 잡풀들

불끈 쥔 두 손 휘두르며 울부짖는

아름드리나무의 처참히 꺾여 늘어진 팔

장대비가 줄기차게 퍼붓는

얼룩덜룩한 보도블록 위

아늑한 보금자리 박차고

가출한 토룡土龍

어떤 내일을 꿈꾸는가

거센 비, 바람에도

커다란 집 등에 짊어지고

그 옛날 긴 도포에 갓 쓴 양반네처럼

넓고 넓은 대로를

유유히 기어가는 와우蝸牛

매미가 운다. 비를 맞으며

미아迷兒들

대형 텔레비전이 목청을 높이고
수십 개의 의자
앉거나 서성이는 머리들 사이로
밀레의 이삭줍기가 걸려 있는
휑하니 넓기만 한 대합실

창가에 앉아 끊임없이
매듭을 푸는 할머니
이곳저곳을 돌아다니며
짐을 쌓다 풀기를 되풀이하는 아낙
두 팔 벌리고 웅변하는 할아버지
혼잣말로 웃기도 하고 울기도 하는
허리 굽은 할머니
불안한 시선들이 허공을 헤맨다

초조하게 종착역으로 떠나는
막차를 기다리는
치매 병동의 마아들

상상 想像

한여름 무성하게 우거진 벚나무 아래
걸쭉한 할머니들의 수다와 웃음이
짙게 배어 있는 벤치 끝
투명한 비닐봉지 오도카니 놓여 있다.

몇 시간 전 그 봉지 안에선
성대한 잔치가 벌어 졌었나 보다
붉은 립스틱 묻은 옥수수 꽁다리
여기저기 살이 붙어 있는 복숭아씨 위로
수십 마리의 날 파리 주검이 점을 찍고 있다
종족 보존을 위해 안간힘을 쏟았을 부모
애벌레들이 힘들게 꿈틀거리고 있다.

봉지의 입을 막은 손
그들을 드려다 봤을 눈
창조의 역행인가?
인류를 위한 순행인가?

박명규

숨 가쁜 더위에도
풀 바람 안고 한가로운 산마루
저 흰 구름처럼-

시

촛불

바람의 연

그냥 그렇게

그 섬

오월, 호숫가에서

PROFILE

경북 영덕 출생. 『문파문학』 시 부문 신인상 당선 등단
한국문인협회 회원, 문파문학회 부회장, 시계문학회 회장
저서 : 공저 『2015 문파대표시선 57』 외 다수

촛불

여린
빛,
한때
고운 꿈이었던

가늘게
떨고 있다 때로
나란히
수평선처럼 희미해지기도 했던

몸 깊이 영근 별
사리 되어, 더는
어쩌지 못하는
기도 같은 미련

혼을 사른
念으로도 끝내
활활 타오를 수 없는

불꽃

바람의 연緣

어느 풋바람
연둣빛 잎새 틔울 즈음
꽃잎 피어나듯 그냥
열려 버린 마음

있는 속속 다
들어내고
사막처럼 휑한
텅 빈 가슴

맑은 바람-
깃들었다 해도 애당초
얽혀질 순 없는
조각구름이었나

별이 박혀 더,
현란하던 무지개는
눈 한 번 떴다 감을 결에
스러지고 열병 같은 신열 달아

저 혼자 윙윙거리다

홀로 산이 되어가고 있었다

그냥 그렇게

빗금 햇살에도
어깨 들썩이며 하얗게 깔깔대는 길섶
들꽃처럼

굽이진 물길에도
순하게, 순하게 에돌아 흐르는 실개천
물살처럼

숨 가쁜 더위에도
풀 바람 안고 한가로운 산마루 저
흰 구름처럼

그냥 그렇게 하얀 이 드러내고 가다가
웅덩이 만나면 한 번쯤 돌아도 보고 결 따라
가만, 가만 말갛게 흐르고 싶다

그 섬

빈 하늘
시려

눈 감으면
밀려오는

바닷가
그 섬

노을빛
익어가는 언덕

지금도
해당화는 피어있겠지

닿을 듯
아득-한

그 섬

오월, 호숫가에서

여린 잎새 햇살 흔들어 오월을 출렁인다

명주바람 감겨와
일흔 주름 붉게 타고
금줄 가락 감아 도는
호숫가 그곳
놀처럼 번져나는 카푸치노 향
먹빛 숨결 부풀려 마른 가슴 지핀다

흐른 노래는 빈 하늘의 그림자
한 올의 짐도 멍에도 사위어진
지금 이 자리, 무릉도원인가

산허리 저 흰 구름 세월 안고 한가롭다

又敬堂

임정남

아침저녁 선선한 바람에 가을이 묻어옵니다.
그 가을 향기는 만 리를 가고도 남습니다.
좋은 사람들과의 인연 또한
소중하고 오래일 것입니다.

시

달빛 친구

설익은 목소리

머뭇거리다 쓴 가을 편지

비로소 보이는 것은

가을은 아리다

P R O F I L E

경북 영주 출생. 『문파문학』시 부분 신인상 당선 등단
국제펜클럽 한국본부, 한국문인협회 회원. 문파문학회 상임운영이사
한국문인협회 용인지부 회원. 시계문학회 회장 역임
수상: 제2회 시계문학상, 저서: 시집 『낮달』

달빛 친구

비 그친 초저녁
커튼 사이
파란 달빛이 흐른다

검은 구름은 온종일 검은 비가 내리더니
가야할 곳 가지 못하고 번잡한 마음
못 간 곳도 안 간 곳도 아닌 지금
희망과 절망을 비대칭으로
하염없음을 비 저쪽에 핑계 삼으며
달빛 속으로 투정부려본다

여기에서 저기로
저기에서 여기로
움직이는 파란 마음에
초록 골짜기 토끼같이 달려도 봤다

푸른 달빛 흐르는 이 시각
떠난 것들이 벌처럼 찾아와
사랑이 처음 보채던 그 시절

이유 없이 서성이면서

달빛 속에 추억이 남겨놓은 그림자
참 아름다운 그 시절
내 꽃피던 날 펼쳐 놓으며
달빛 광이 지붕 너머로
파도가 쓰러지듯이 스르르
고승 같은 산자락에 고요만 가득하다
중얼거리며 커튼을 닫는다

설익은 목소리

안개로 열리는 아침이면
지나간 가을 생각에
사과처럼 달던 시절이 떠오른다

낮 동안 따스하던 대기가
차가운 밤하늘 추위를 느낄 때
그녀의 별자리를 찾는다

시집보내던 날
생각이 하얗다 까맣다 하시든 어머니
놓으면 터질까?
불면 날아갈까?
애쓰시던 그 마음
세월 흐른 후
곳곳에 흉터 되어 가지마다 걸려 있다

공허했던 공간에
수돗물처럼 쏟아지는 당신의 이야기는
마음으로 전해지는 진동이 너무 커

골짜기마다 가득하다

무제의 시간에 살고 있을 수난의 부처는
오늘도 거기 앉아서 "나 괜찮다"
"너 잘 살아라"고 말씀하시는 듯하다

머뭇거리다 쓴 가을 편지

이제
좀
정상에 다가서나 싶었을 때
아니
그래도
더
다져야 한다고
늦추지 않고 있던 그때쯤
벼락같이 뒷덜미 후려치는
악마의 횡포에 무너진 자신의 몸뚱이
절망에 들어섰을 때
내가 나를 가만히 떠날 수 없는 순간
가장 낯선 모습에서 나를 이해하면서
이 꼼짝없는 태도에 알게 되는 것은
언제나 희망의 편으로 열려 있다는 것

새벽녘 귀뚜라미 애끊는 소리 잦아지더니
더불어 병든 몸도 서서히 기력을 찾을 때
깊숙한 내면들이 고요히 가라앉은

오래된 삶이 힘든 굴곡이었다

촛불 기도 하나도 예사롭지 않았으며
뜨거운 한여름 땡볕 아래
대나무들이 비벼대고 속삭이며 귀를 열고
올라가는 아침 안개 길을 걸으며 새롭게 시작하는 삶
여유롭게 구석진 툇마루에 걸터앉아
곱게 늙어 그 품을 느끼고 싶다

비로소 보이는 것은

아침에 눈을 떠
바라보는 하늘이 맑고 푸르다
먼-길 돌아도 보고
마주 서서도 보는 마음이 유달리다
피부에 와 닿는 바람이
쌀쌀한 것인지 쓸쓸한 것인지
헷갈리는 가을이다

젊은 시절 그는 눈으로 드나들더니
나를 취하게 하고는
마음이 폭풍으로 쏟아지고 있을 때
꽃피는 봄날 우리는 결혼을 하였다

이기적이든 이타적이든
낙엽 지는 가을 어느 날
복잡 미묘한 감정의 줄타기를 하다가
강물이 동쪽으로 서쪽으로 갈라져서 흐르다가
유난히 봄꽃 향기 물씬 풍기는 그곳에서
우리는 다시 만나 꿀처럼 달콤한 입맞춤으로
긴 여행으로 머물고 있다

부족하면 보태어주고 넘쳐나면 내리면서
그때의 아득하게 멀리 오는 바람의 말을 기억하며
귀뚜라미 울어 오는 밤
단맛을 잊지 않은 채
벌보다 더 꿀을 그리워하고 있다

옛이야기 혼자 중얼거리며
비로소 살아간다는 의미가 깊어지는데
벌써 해는 서쪽으로 넘어가고 있다

가을은 아리다

하늘은 높고 푸르다
그
하늘 아래 만물은 파닥인다
푸른 물이 익어 번져가는 가을

고상해가며
청량해가며
단풍이 오기까지
울컥울컥한 지난날을 가만히 읊어본다

너도 아프고
나도 아프다
산천을 헤매며 약초를 달인다

마음을 삼키며
울음을 중지한다
타는 듯 붉은 마음을 감추려 한다
시름시름 앓다가 어제를 비틀고 나면 詩를 쓴다

이순애

낮게 드리운 가을
저만치 앞장서 달린다.

수필

지금 이 순간이 좋다

효자 이야기

시

바늘구멍

밝음으로

아침 산

P R O F I L E

충남 논산 출생. 한국방송통신대학교 국어국문학과, 문화교양학과 졸업
독서 지도사. 『문파문학』시, 수필 부문 신인상 등단
한국문인협회 회원. 문파문학회 운영이사. 시계문학회 회장 역임. 방송대문학회 부회장
저서: 공저『바람이 창을 두드릴 때』『문파문학 대표 시선집』『등나무 풍경』외 다수

지금 이 순간이 좋다

잠이 오지 않는 이 시간이 좋다. 나의 존재를 알 수 있는 시간이다. 온 세상이 캄캄하고 고요한 어둠의 창을 열고 밖을 내다본다. 기다렸다는 듯 까만 밤의 눈동자 같은 하얀 꽃댕강의 향기가 거실이 터져라 밀치고 들어온다. 그 밑에서 깊어가는 가을 노래로 밤을 새우는 귀뚜라미와 여치가 함께 노래하자며 밤이슬에 촉촉이 젖은 손을 내민다. 앞바다의 등대는 쉴 새 없이 깜빡이며 나의 생각이 가는 길을 밝혀주는 기쁨의 이정표다. 등대는 언제나 혼자이고 힘든 삶이어도 누군가를 위해서 존재한다는 생각에 외롭지 않다고 메시지를 보내온다. 나도 자신을 돌아볼 수 있는 지금 이 순간이 행복하다고 대답한다.

삶은 참으로 아픈 것이었다. 배에는 한 뼘도 넘는 세 개의 흉터가 그 아픔을 말해 준다. 목과 허리디스크, 심근경색에서 부정맥으로, 암과 당뇨지만 위가 나빠 약을 먹기 힘들다. 자다가 숨이 막혀 일어나 삼십 분, 한 시간씩 뒹굴고 나면 가라앉기도 했다. 삼십 대의 젊은 청춘을 앗아가려는 듯, 일으키고 눕혀야 하는 중환자였다. 그때마다 많은 눈물이 비 오듯 했다. 그것은 아프거나 슬픔에서가 아니라 감사의 눈물이었다. 이토록 아파도 죽지 않고 나 자신과 누군가를 위해 살아있고 일할 수 있으니 지금 이 시간이 축복이라는 생각에서였다.

삶은 인내와 용기로 극복한 결과물이다. 남의 힘을 빌려 현장에 짐짝처럼 옮겨진 후 종일 누워서 감독하고 건축을 마친 것이 한두 해가 아니었다. 정신이 있는 한 쉬어야겠다는 것은 용납되지 않았다. 멈칫거릴 시간이 없었다. 젊음이 있고 햇살 같은 자식들 삼 남매가 품 안에 있었기에 가능했다. 부모와 주위의 모든 사람들은 나를 견딜 수 있는 힘이 되었다. 현장에서의 인부들까지 소중한 만남의 인연이어서 나의 기쁨으로 이 순간이 좋다는 생각이 크게 다가왔기 때문이다.

정신과 육체는 태풍의 나뭇잎과 같다. 몹시 휘둘려 아슬아슬 위태롭고 마음은 상처투성이가 된다. 그렇다고 생명줄을 놓아버릴 수는 없다. 안간힘으로 나무를 붙잡고 견디다 보면 태풍은 사라진다. 그런 위기를 겪은 후에 나무는 소중한 잎들을 끌어안고 힘차게 자라 열매를 맺는다. 튼실한 열매를 볼 때 이 시간이 참으로 좋다는 생각을 하게 된다. 삶은 육신과 마찬가지여서 "아프다 아프다."라고 노래하듯 입에 달고 살면 '이 순간이 좋다'는 생각은 등을 돌려버리고 아픔만 남겨 주는 것이다. 삶이고 육신이고 좀 아프면 어떠랴. 죽기 아니면 살기고 살아있으면 감사한 것 아닌가. 차라리 죽는 게 났다는 생각 안 해 본 사람 있던가. 그러나 어제 죽은 사람에게 물어보라 얼마나 살고 싶어 했는지를. 어려운 시간이 지날수록 지금이 좋다는 때가 온다.

병은 한번 오면 쉽게 떠나주지 않아 함께 사는 것이다. 디스크에 암과 당뇨가 현재 진행형이지만 육십 대 중반에 공부를 시작해 칠십 대까지 한다. 밤새 앓느라 잠을 설쳐도 낮에는 언제 아팠느냐는 듯 독하게 공부한다. 시도 때도 없이 졸리고 운전하다가도 갑자기 자고 시험 보다가 자고 있어 시험 감독은 옆에 와서 "10분 남았습니다." 하고 깨운다. 병을 이길 수는 없지만 절대 절망하지 않는다. 덴마크의 사상가 키에르케고르는 죽음에 이르게 하는 병은 절망이며 그것은 죄라고 했다. 육신의 병이든 마음의 병이든 이기려고 하면 이길 수 있다. 무엇이든 한 번 시작하면 죽어도 하고야 만다. 목숨이 아깝지는 않지만 하고 싶은 것을 못 하는 게 아깝다. 아플수록 성숙해진다. 남의 아픔을 이해하게 되고 굶어 본 사람이 남의 배고픈 사정을 알듯이 말이다. 그래서 아픈 시간도 축복으로 지금이 좋다.

　삶이 아픈 것이 아니라 내가 삶을 아프게 하는 것은 아닐까. 하루도 밤과 낮이 있듯이 삶은 슬픔과 기쁨이 공존한다. 슬픔을 기쁨으로 변화시키는 것은 다른 사람이 아닌 바로 나여야 되겠지. 누가 낮을 좋아하고 밤은 어둡다고 탓할 건가. 밤은 내일에 빛날 태양을 품고 있다. 밤을 헤쳐나가 작은 일에도 '성공이다'라고 자부심을 갖는 것이 필요하다. 바로 지금이 좋다는 생각 말이다. 거기에는 감사가 따르고 축복된 삶이 보장된다. 나만을 위해서가 아닌 누군가를 위해 더불어 사는 삶일 때 지금이 좋다는 결과는 분명하다.

효자 이야기

효를 생각하면 따뜻한 봄날이다. 마음의 문을 열고 새싹을 돋아내는 햇살 한 아름 끌어들이는 것이다. 서로에게 미소 지으며 얼싸안는 세상이다. 효도할 수 있는 처지에 있다면 더할 나위 없는 행복이니까. 효를 다하지 못한 이에게는 생각할수록 가슴 깊이 파고드는 슬픔이 있어 탄식하게 된다. 이미 떠난 부모에 대한 그리움은 무엇으로도 달랠 수 없는 상처요 아픔이다. 다시는 되돌릴 수 없는 만남의 지점까지 안간힘으로 다가갔어도 그것은 꿈일 뿐, 깨고 나면 그리움과 죄스러움으로 베개를 적신다.

근래 보기 드문 효자가 있다. 둘째 언니인 금순 언니의 막내아들이다. 백일도 안되어 아버지를 여의었다. 불구의 몸인 언니는 너무 가난해 군불을 못 때서 어린 것을 배 위에 재웠다. 그렇게 삼 남매를 길렀다. 그 사연은 손수건을 내내 들고 읽어야 할 장편 소설이다. 공부를 많이 시키지 못했다. 초등학교 졸업 후 서울로 올라와 건축 현장에서 일하며 검정고시 공부를 한다. 기술을 익혀 돈을 벌어서 어머니와 형제들을 위해 한 푼도 남김없이 시골로 보낸다. 십여 년을 하나같이 그렇게 했다.

효자는 여전히 가난할 수밖에 없었다. 본인이 결혼할 때는 월세부터 시작해야 되었다. 형과 누나는 결혼해 가정을 꾸렸고 남매를 결혼시킨 어머니는 보태줄 게 없었다. 많은 돈을 벌었어도 자신을 위해 써 본 적이 없어 속울음을 삼키고 있었으나 어머니와 형제를 위해 쓴 돈에 대해 내색하지 않았다. 열심히 벌면 된다는 자신감이 있었다. 그를 처음 겪어보는 사람일지라도 신뢰해 주었기 때문이다. 능력도 있으면서 성실하고 착한 아가씨와 중매결혼을 하게 되었다. 누구나 그랬듯이 상대방을 제대로 된 사람인 것을 알아본 모양이다.

결혼한 효자는 아들 딸 남매를 두었다. 고생 끝에 제대로 공부시켜 대기업의 연구직 등에 직장을 잡았다. 아직 결혼시킬 경제적 여유는 없었다. 이제부터 돈을 버는 대로 모을 수 있고 하고 있는 운수업도 잘 되고 있을 때다. 어느 날 갑자기 가족을 불러놓고 시골에 가서 어머니를 모시려는데 어떻게 생각하느냐고 묻는다. 입버릇처럼 시어머니를 모셔야 한다던 그의 아내와 아이들은 가장의 의중을 잘 아는 터라 쾌히 동의한다. 효자는 역시 아내와 가족도 끔찍이 사랑한다. 결혼해서 닭고기를 먹을 때면 맛있는 다리는 아내에게 주고 또 자식에게 주어 한 번도 먹어본 적 없었다. 그런 사람이 이십 년 동안 둘째인 누나네 계신 어머니가 도시로 오지 않기에 내려가야 한다.

방을 얻어 금산 추부로 내려갔다. 구십을 바라보는 어머니를 지금 안 모시면 안 된다는 뜻이다. 시골에서의 수입은 반의반도 안 되지만 어머니를 지극 정성으로 모신다. 식사며 빨래 등 해보지 않은 일들이다. 활동을 제대로 못해 처음엔 체중이 줄고 진땀을 흘리는 알 수 없는 병이 왔다. 오로지 어머니를 모신다는 기쁨으로 치유 받는다. 팔십팔 세까지 남의 일을 다니던 어머니를 모시고 관광지며 대전의 큰 시장을 구경 다닌다. 이런 데 처음 와 본다며 좋아할 때 효자는 덩달아 기쁘면서 마음 아파한다. 막내로 태어난 나는 부러운 시선을 보내면서 내 뒤를 돌아보며 후회의 손을 끌어다 눈물을 훔친다.

소아마비를 앓아 다리를 절룩거리는 노모를 위해 전동휠체어를 사준다. 불구의 몸이지만 이목구비가 또렷하고 예쁘며 머리가 좋은 것이 노인 같지 않다. 아들의 설명과 안내 책자를 읽어보고 금방 작동하며 딸네 집도 간다. 기쁘고 신기해하는 모습을 보고 효자 역시 기쁨을 감추지 못하고 어머니 자랑이 대단하다. 물려받을 재산은 없다. 어머니의 모든 기쁨이 자신의 나머지 인생 중 보람이며 유산으로 여긴다. 자식에게 유산을 넘겨주지 않는다든지, 잔소리를 한다는 등으로 어머니를 살해하는 경우가 있다. 또 모시지 않으려고 병든 어머니를 내다 버려 죽음을 맞는다. 효자에게 그런 일은 이 세상에서 있는 일이 아닌 것으로 여긴다.

막내라서 모셔야 할 책임을 물을 사람이 없다. 자신의 형편이 다른 형제보다 넉넉한 것도 아니다. 직장을 다니는 아내는 혼자 있어보지 않아 밤에는 무섭다고 한다. 누구보다 사랑하는 처자식을 멀리 두고 효자는 어머니 곁에 있다. 효자 집안에 효자가 나는가. 아내와 자식들 역시 효자 못지않은 사람들이기에 가능한 일일 것이다. 가늘고 작아진 다리를 접어 이끌고 평생 일밖에 모르던 언니. 효자 아들의 돌봄으로 마지막 인생을 편히 지낼 수 있어 감사드린다. 그런데 왜 이리 눈물이 앞을 가리는지. 나를 업어 기른 언니이며 평생 아버지를 한 번만 불러 보았으면 원이 없다고 눈물짓던 조카이기 때문인 것이다.

효자는 하늘에서 낸다고 한다. 효도가 쉬운 일이면 나올 말이 아닐 듯 효의 언덕은 넘어도 넘어도 끝이 없지 싶다. 효자의 마음은 길이 없는 깊은 산속에서 넘쳐나는 옹달샘 물로 날마다 새롭게 넘쳐나야 되는 것이리라. 삶의 때를 말끔히 닦아낸 거울이고 열매를 맺는 나무가 꽃을 버릴 줄 아는 마음이다. 때로는 비가와도 우산 없이 소나기를 맞아야하고 칼바람에 손을 내밀어 다정히 악수를 해야 하겠지. 스스로의 마음에 위로를 보내는 성인군자가 되어야 하기에 하늘의 도움 없이는 불가능하지 않을까. 봄날처럼 따뜻한 가슴으로 감싸 안고 손잡아 주리라 믿는다. 하느님을 믿는 효자의 가정은 이미 축복을 받은 것이다. 효도하지 못한 마음은 부모가 세상을 떠난 후에 슬픔을 안고 평생 죄인으로 살아간다. 그리움을 달랠 길이 없다. 효를 실천하는 그들은 소중한 사람들이기에 조용한 길목에서 숨죽여 행복을 빌어본다.

바늘구멍

사과나무 한 그루
눈꽃처럼 하르르 꽃잎 진 후
유월의 녹음 같은
푸른 열매 끌어안고
미끄러지듯 계절 위로 걸어간다

먹구름 소나기 회초리 되어
상처 나는 얼굴
두 손으로 감싸
눈물로 쓰다듬는다

무지개처럼
눈부시지 않고
가뭇가뭇 심심치 않게
검은 별 박혀 있어도
쳐다보기 아까운 사과 알

젖줄 말라가는 나무에게는
바늘구멍을 통과한
낙타였다

밝음으로

새 학년 된 손자
담임선생님이
엄마같이 좋아졌다는 말에
녹의사자緣衣死者된 앵무새처럼
고맙습니다
고맙습니다
하루 종일 외치고 싶다.

아이들의 푸른 마음 읽은
거울 되어
북극광의
눈부신 빛으로
가득 찬 교실
품에 안은
선 생 님

아침 산

세수하고
나온 산
물가에 앉아
거울을 본다

그의 옆에
나란히 앉은
마음
빈 하늘이다

김옥남

어느새 이만큼 와버린 걸까
눈 하나 동그랗게 뜨고 지켜보고 있었는데
아무런 기적도 없이
블랙홀 속으로 흘러간 시간들,
다시 마음 주저앉히며 시간을 붙잡는다.

시

가을 엽서

이대로 머물고 싶다

여자의 별 하나

사색

그땐 몰랐지

PROFILE

경북 안동 출생. 『문파문학』 시 부분 신인상 당선 등단
한국문인협회 문인저작권옹호위원. 한국문인협회 용인지부 회원
문파문학회 감사. 시계문학회 회원
수상: 한국문인협회 용인지부 공로상 수상
저서: 공저 『가을 햇살 폭포처럼 쏟아지는데』 외 다수

가을 엽서

낙엽,

홍조 띤 얼굴
살포시 내 곁으로 왔다
몇 번이나 내 곁에 머물 수 있을까

허허로운 마음으로
받아든 엽서 한 장
보고 싶다

차마 하지 못하는 말
수줍은 몸짓으로
사랑하고 싶다

이대로 머물고 싶다

안개비 내리는 날
빨주노초파남보 우산을 쓰고
하염없이 기다리는 여자
동쪽 하늘 태양 바라기 한다

이젠 더 시간을 먹고 싶지 않은-
그냥 이대로 머물고 싶은 여자
매일
멈추어라, 멈추어라 주문을 외운다

더 이상 오르고 싶지 않은,
오를 수밖에 없는-
소나무처럼 늘 푸르고 싶은 여자
기댄 단풍나무, 작은 바람에도 휘청거린다

여자의 별 하나

땅거미 내려앉을 즈음
석양의 꼬리에 매달린 멍그르함
울컥 가슴에 내려앉는다

미리내 별 하나
그리움의 근원지 찾아
허공을 가로질러 사선을 긋는다
소용돌이치는 속을 모르는 아이들
손뼉 치며 환호성이다
물끄러미 바라볼 수밖에 없는
허물 수 없는 옹벽 앞에서-
화그덕 거리는 가슴은 갈팡질팡한다

홍시 발갛게 익어 가는 시간이 오면
그땐, 다시 찾을 수 있을까
여자의 시계는 아직,
정오인데.

사색

아득한 침묵
폐부를 휘젓는 달빛

밖으로 나오려는 말
목울대 안으로 밀어 넣고 가슴앓이한다

절절한 눈빛
무릎 꿇고 두 손 모았다

말 잔등에 찍힌 화인처럼
지울 수 없는 그리움-

깊은 밤, 사색은
성근 달빛 따라 긴 여행을 한다

그땐 몰랐지

푸른 신호등 숨 가쁘게 깜빡거려도
절뚝거리는 발걸음 슬로우 모션이다
섬광처럼 스치는 엄마 얼굴
"내가 왜 이러노-"
"내가 왜 이래 됐노"
엄마의 전용 멘트
허공에서 왱왱 운다

그땐 몰랐었다
문지방을 짚고 일어날 때
습관적으로 아프다는 말
그냥 하는 말인 줄 알았다
이제 엄마 나이, 알 것 같다
"내가 왜 이러노"의 출처가
삐그덕거리는 세월의 흔적
하나, 둘 모아지는 저승으로 가는 쿠폰이라는 것을-

봄날이 온다
봄날이 간다

널을 뛰는 언어들-

머리 위에서 들고 날고 한다

사정없이 가슴에 꽂히는 백구과극白駒過隙*

---

*백구과극(白駒過隙) : 흰 망아지가 지나가는 것을 문틈으로 본다는 뜻.
세월이 빨리 감을 이야기함.

박진호

따뜻한 시의 기운을 찾아서

시

봄 햇살
어릿광대
기연
운칠기삼
벗

P R O F I L E

국제펜한국본부 회원, 한국문인협회 회원, 문파문학회 감사
동국문인 회원, 한국가톨릭문인회 회원, 시계문학회 회원

봄 햇살

생명의 정기
꽃으로 새싹으로 핀다

일 년의 시작을 축복으로
사진에 담기는 빛의 예술
풀잎 이슬 위에 춤춘다

발걸음 하나하나
따뜻한 햇살 감귤의 향
어린아이 발랄한 빛

넘치는 빛살
꿈결 속의 영롱함

어릿광대

비틀거리며
어우러지는
아릿한

사랑과 우정 안의 고독
귀 기울이고
비우고 여는

그러니 우리다
긴장 아닌
웃음

기연 奇緣

꽃술에 나비 찾듯
해안가 바위의 아늑함은
용궁에서 올라온 연꽃일까

올해도 8월의 매미 소리 따라
떠나는 피서
새로운 인연 위해

미지의 세계
마도로스의 바람처럼
여름의 신기루 찾는다

운칠기삼運七技三

걸음 발 디딤에도
운의 수레바퀴가 따라 도는
조여져 있는 삶의 톱니바퀴
느낄 수 있는 볼 수 있는 현실은 미미해도
거대한 쓰나미 같은 현실에 대한 두려움
지금이라는 현실 안에 존재하는
짧은 과거와 미래도 극복해야 하는 순간
긍정적 기도 같은 뇌까림이
허우적거리는 노력보다 힘 있음을 느낄 때
아 한발 앞선 사건의 예지와 비껴감 앞에
놓을 수 없는 긴장 속에
공기 공간 그 속에 존재하는 힘이여

벗

한 길을 함께하며
공감해줄 수 있는 그대

세 잎 클로버를 놔두고
네 잎 클로버를 찾지 마세요

그대와 행복은
동전의 앞뒤 면이어요

하얀 아이 맘으로
순간마다 꽃씨를 심어요

김복순

시를 벗 삼아 푸른 하늘에 자연을 그리며
추억을 떠올리다 보면
원망, 불평, 외로움은 사라지고
감사와 미안한 마음으로 채워진다.

시

운전 중이란 걸 잠시 잊고

엄마와 딸

당신은 나의 거울

태의 문 열고

아파

PROFILE

강원도 원주 출생
『문파문학』시 부문 당선 등단. 문파문학회 회원. 시계문학회 회원

운전 중이란 걸 잠시 잊고

벨을 울렸어요

미안해요
미안해요

화를 내면 더 미안하잖아요
당신이
전화할 때까지 기다릴게요

내가
못 받게 되더라도 화내지 말아요
나는
당신 전화 오면 반가워요

때론
진동을 풀지 않아
듣지 못할 때가 있어요
메시지를 남겨줘요

당신 이마의
굵은 주름지게 해서 미안해요

나에게
미소로 마음 받아주니까
고마워요
사랑해요

엄마와 딸

엄마는 언제나
네게 미안하고 고마워

네가 말없이 환하게 웃을 때도
짜증을 내어도
나는 네가 좋아

어느 땐 먹구름 천둥 번개로
마음이 콩콩거려도
너의 마음을 아니까

그럴 때면 말을 하려다
망설일 때도 있었지

그러나 네가 돌아서면
금세 엄마하고
예쁜 목소리로 불러 주니까

마음이 눈 녹듯 싸르르
녹아내리고

언제나 엄마 마음은

푸르른 맑은 하늘에

둥실둥실 떠다니는 뭉게구름

당신은 나의 거울

당신이 나를 보아줄 땐
거울보다

당신에게서 비춰지는
내 모습이 더 예쁘게 보여요

당신이 외면하면
예쁜 거울에 보여지는

내 모습은
예쁘게 보이지 않아요

태의 문 열고

빈손 들고 왔다가
울고 웃으며

지구 한 바퀴 돌고 돌다가
종착역 다다를 땐

어떤 모습으로
가야할까

파란 하늘 바라보며
과거 현재 미래를 그려보며

시간과
생명의 소중함을 다시 한 번 느껴본다

아파

마음도
몸도 아프다
나 돌아보는 이 없고
하소연할 곳 없는 외로움
눈비만 두 뺨을 적신다

목줄기를 타고 흘러내리는
빗물은 잠시나마
마음을 씻어준다

하늘 향해 소망을 가져본다
어둠과 빛은 함께하기 때문이다

손거울

**바람 타고 나는 고운 잎새되어
하늘 저 높이 오르고 싶다.**

수필

63년만의 만남

나의 텃밭

일상의 탈출

P R O F I L E

경북 경산 출신, 대경대 교수, 한양대 겸임교수
한국문인협회 회원. 한국문인협회 용인지부 회원. 숲 해설가
『문파문학』수필 부문 신인상 당선 등단. 문파문학회 운영이사, 시계문학회 회원
수상 : 제3회 시계문학상   저서 : 수필집『울 엄마 치마끈』

63년 만의 만남

서둘러 집을 나섰다. 터미널에서 도착하여 첫차를 타야 하기 때문이다. KTX를 타고 싶지만 우리 집에서 서울역까지 가는 한 시간 30분과 또 두 배나 되는 차비를 생각하면 버스가 경제적이라는 판단에 선다. 더구나 가을이 무르익어가는 들판을 오붓이 바라볼 수 있어 더욱 좋은 선택이었다. 도넛 가게에 들려 내가 가장 좋아하는 따뜻한 베이글 두 개와 뚜껑 달린 큰 커피 한잔을 따뜻해지는 정겨운 누른 종이 봉지에 들고 차에 올랐다. 이른 아침이라 자리가 넉넉한 고속버스는 햇살이 싫지 않은 가을 여행의 정취를 온몸에 담뿍 느낄 수 있다. 이번에는 63년 만에 처음 참석하는 J란 친구가 미국서 온다기에 좀 무리해서 꼭 참석하기로 한다.

우리는 광복이 되고 두 번째 되는 해인 1947년도에 초등학교에 함께 약 120명 이상 입학했다. 나는 특별히 나이가 남보다 한 살 어렸는데도 아버지께서 우겨 만으로 6살에도 모자라는 어린 입학이었다. 선천적으로 둔한 내가 힘들게 겨우 따라다닌 학교였다. 3학년 때에 6·25 사변으로 연명조차 어려운 시기 3분의 1 정도는 애석하게도 중도에 학업을 그만두게 되었다. 졸업 때는 겨우 80여 명이 졸업한 것으로 기억된다. 그중에 한 녀석이 오늘 처음으로 참석한다는 전갈에 힘을 얻어 가는 길이다.

넓은 창가에 자리 잡고 밖을 내다보니 환상적이다. 호젓이 떠난 여행길, 바라본 전형적인 가을 하늘은 처음 보는 것처럼 그야말로 코발트빛이다. 무르익은 황금벌판, 붉은빛으로 익어가는 감나무에 고향 정이 조롱조롱 익어간다. 점심때가 다 되어 모임 장소에 도착했다. 20여 명의 반가운 얼굴들이다. 나이 들면 여성이 훨씬 자유로운 것 같다. 열대여섯이 여자 친구들이다. 달려 나와 나를 덥석 안는 친구가 바로 미국서 온 친구다. 코밑에 수염을 짧게 기르고 버터기름으로 비대할 것으로 생각했는데 몸매를 잘 가꾸어 날씬하다. 거리에 지나가면 전혀 모를 것 같은 얼굴이다.

친구는 땅 많은 집 외동아들로 태어나 친구들의 선망의 대상이었다. 몸도 좋았고 공부도 늘 우등생이었다. 겨울에는 누나가 손수 털실로 짜준 귀한 스웨터를 입고 다녔다. 점심 도시락은 언제나 계란부침 하나가 들어 있는 것을 나는 부러운 눈으로 보기만 했지 한 번도 얻어 먹어본 일이 없다. 내가 군 생활하는 동안 그는 서울에 일류 대학을 나와 유학길에 올랐다. 거기서 박사 학위를 받고 홀로 계신 그의 어머니를 비롯한 주위의 모든 이들은 고국에 와서 일할 것을 크게 기대했지만 금발의 외국인과 결혼해서 매정하게 정착하고 말았다. 개인적인 사정은 알 수 없지만 이런 결정에 대하여 따가운 눈총으로 바라볼 수밖에 없었다.

바람결에 동창들의 소식에 실려 그 친구에 관한 이야기에 귀를 기울였지만 감감소식이었다. 지난 이른 봄이었다. 우연히 그의 주소를 전해 들은 나는 반가움에 즉시 편지 한 장을 날렸다. 동봉으로 '울 엄마 치마끈' 나의 수필집과 함께 죽마고우라는 서예 작품도 정성껏 써서 보냈다. 그리고 답장이 왔다. 구구절절 그리움에 눈물 적신 사연을 담아 답신이 왔다. 꼭 나오겠다는 이야기다. 63년이라는 긴 세월 참아온 그리움이 봇물처럼 솟아났을 것이다. 그 후 6개월이 지난 오늘 재회의 기쁨을 맛본 것이다. "계율아 니 덕분에 여기에 와 모두 만날 수 있구나. 고맙데이." 하고 조금은 서툰 우리말에 힘주어 껴안는 친구의 눈시울이 붉게 물들고 있다. 그의 사생활은 알 수 없지만 어쩌면 그의 삶은 낯선 곳, 고독한 섬이 아니었을까?

그동안 글을 쓴다는 어려움에 헤매기를 수년, 지도 선생님의 친절한 길잡이와 문우들의 격려에 힘입어 졸작이지만 한 권의 책이 초산하는 여인의 고통을 감내하며 출판하게 되었다. 그리고 그 책이 이렇게 마음과 마음을 일깨워 준다는 것은 참으로 큰 보람이다. 60여 년간 단절되었던 감정을 봄기운에 새싹처럼 움돋게 했다는 기쁨에 말할 수 없는 뿌듯함에 가슴이 벅찬다. 서툰 문장 속에서도 그 속에 묻혀있는 감정은 싹을 틔우는 넉넉한 자양분이구나 생각한다.

해 질 무렵까지 떠들고 웃고 먹고 마시는 난장판 모임은 꾸부러진 허리에 모두 힘이 장사다. 지칠 줄 모르고 뛰어대는 대는 여성이 훨씬 우위다. 능력 없는 남자의 늙음은 무기력해 보인다. 나는 마지막으로 "우리 2025년까지 모두 제발 죽지 말고 살아 여기서 다시 만나자"고 멘트를 남기고 아직도 더 떠들고 싶어 하는 일행을 남기고 미국서 온 친구의 고맙다는 인사를 연신 받으며 택시에 올랐다. 미국서 온 친구 덕분에 모임이 이루어졌고 그 친구를 끌어낸 것은 작지만 내가 역할을 했다는 보람을 뒤로하고 집을 향했다. 그리고 그 친구는 한국 국적을 다시 취득하겠다고 다짐해 자주 볼 수 있을 것 같아 기뻤다. 발길을 돌리는 나의 눈앞에 옛 친구들의 얼굴이 어른거린다.

나의 텃밭

산골에 터를 닦고 내가 살고 있는 곳은 객관적으로 볼 때 불편한 것이 많다. 이런 여건을 무릅쓰고 좋아하는 이유는 작은 텃밭이 있기 때문이다. 텃밭은 나의 친구요 놀이터다. 나의 운동장이다. 세상에서 최고는 아니라도 최상의 먹거리 공급처다. 연령제한 없이 해고 없는 든든한 일터이다. 하루가 다르게 자라나는 작물을 볼 때 보람되고 신비스럽기까지 하다. 텃밭에 서 있으면 혼자라도 늘 즐겁다. 아무도 찾지 않아도 외롭지 않다. 나의 텃밭은 동식물이 어우러져 사는 해방구다.

텃밭의 활기는 산천의 봄기운보다 한 발 더 이르게 기지개를 켠다. 먼 산 아지랑이가 아롱거리면 텃밭에 손을 보기 시작해야 한다. 겨우내 묵었던 밭의 이랑을 지우고 수분 보존하여 지렁이가 잘 자라도록 덮개를 씌운다. 이때부터 자주 종묘상에 들려 모종 심는 시기를 놓치지 않으려 애쓴다. 모든 작물은 시기를 놓치면 품질 좋은 것을 기대할 수 없다. 종묘상에서 가장 많이 출하되는 모종이 심는 적기로 본다.

햇살 좋은 날 비닐 용기에 담긴 각종 모종을 사 들고 오는 시간은 병아리를 품은 어미 닭처럼 행복하고 잔잔한 흥분에 젖어본다. '올 한해도 너희들과 함께 즐겁게 생활하자'고 속삭여본다. 심는 다음 날 새벽부터 산새들의 지저귀는 소리에 잠을 깨면 바로 텃밭으로 가 "잘 잤니" 아침 인사를 나누면서 하루 일과가 시작된다. 목말라 보이면 물을 주고 방해하는 풀은 뽑아주고 벌레가 괴롭히면 징그럽지만 맨손으로 잡아준다. 하루에도 수차례 그들을 돌아본다. 작물은 주인의 발자국 소리를 듣고 자란다고 한다.

　나는 텃밭을 시작할 때부터 몇 가지 원칙을 세워 두었다. 퇴비를 듬뿍 뿌려 땅의 힘을 돋우어준다. 풍부한 유기질로 인한 지렁이부터 곤충이 자랄 수 있게 한다. 화학 비료는 절대로 쓰지 않고 어떤 일이 있어도 제초제 등 농약은 엄금한다. 작물을 직접 해치지 않는 한 풀은 제거하지 않는다. 생태보존을 위해 인위적으로 수확을 높이는 노력을 배제하여 동식물이 서로 경쟁하며 마음껏 자라게 한다.

　햇살이 도타워지면 모종이 뿌리를 내리고 땅 기운을 받아 생기를 차리고 자라기 시작한다. 태양이 지면에 뜨겁게 달구어지는 날 채소들이 각종 꽃을 달고 있는 모습은 대견스럽다. 어느 잘 꾸며진 꽃밭보다 벌과 나비가 모여드는 모양이 더 예쁘다. 생리적으로 성형외과에서 만들어진 미녀 같은 꽃밭은 좋아하지 않는다. 한 번 보는 아름다움은 있지만 더불어 살기에는 부담스럽다. 작은 별표 흰 꽃을 촘촘히 달고 있는 고추꽃 이랑을 보며 은하수를 연상한다. 산기슭으로 넝쿨을 뻗고 해 질 무렵부터 흰 꽃을 곱게 피워 산자락을 하얗게 장식하는 박꽃을 보면 고향의 초가집이 그리워진다. 어느새 둥근 흰 박이 큰 잎 사이로 얼굴을 내밀면 엄마 얼굴이 눈앞에 어른거린다. 텃밭은 살아있는 싱싱한 꽃밭이다. 벌 나비가 한차례 지나가고 나면 열매가 보이고 내 마음은 더욱 바쁘게 이웃에 여학생이 이사 온 때처럼 자주 들락거리며 얼굴을 익힌다.

　며칠 전 집사람이 마당에서 풀을 뽑다가 "뱀이다." 하고 비명을 지른다. 나가 보니 작은 꽃뱀 새끼 한 마리가 산 쪽에서 내려와 호박 넝쿨 사이로 조용히 꼬리를 감추고 사라진다. 이를 보고 집사람의 놀람은 당연하다. 그러나 나는 회심의 미소를 짓는다. 이곳에 둥지를 튼 지 8년 차 저 뱀을 볼 수 있게 되기를 기다렸다. 뱀이 가장 싫어하는 것이 제초제다. 뱀이 살고 있다는 것은 개구리가 있다는 것이다. 그들의 먹이도 살고 있다는 증거다. 특히 개구리 먹이는 신선한 풀을 갉아먹는 메뚜기 같은 곤충과 지렁이다. 한마디로 나의 텃밭은 그동안의 노력으로 동식물이 살 수 있는 본디 땅으로 돌아가고 있다는 것이다.

　나의 텃밭 잎사귀 채소는 구멍이 나 있다. 나는 구멍 난 채소 먹기를 좋아한다. 이는 메뚜기 종류가 많이 산다는 증거다. 우리 집 여름에는 냉장고에 보관하고 먹는 채소는 없다. 끼니때마다 밥이 준비되면 밭에 나가 한 줌씩 뜯어 싱싱한 것을 먹는다. 새벽이슬을 머금고 분홍빛으로 익은 토마토를 슬쩍 닦고 깨물어 먹는 맛은 일품이다. 오이도 풋고추도 한번 헹구어 내면 싱싱한 그대로 먹을 수 있다. 동식물이 살고 더불어 사람이 살 수 있는 땅으로 복원되고 있다는 증거다.

　요즘 저녁 식사 후 집사람과 함께 산길 걷다가 보면 반가운 손님을 만난다. 작년까지만 해도 좀처럼 눈에 띄지 않던 천연기념물 322호 반딧불이다. 별이 빛나는 하늘 아래 상당한 반딧불이가 여기저기 타원형을 그리며 힘차게 날고 있다. 때론 우리 집 마루까지 나타난다. 어릴 적 밤하늘에 수놓던 반딧불이가 최근에는 어디서도 보기 힘든 반딧불이가 내 곁에 와있다. 징그

럽지만 뱀이 살 수 있는 환경이기에 반딧불이가 사는 것이다. 집사람은 뱀보고 비명을 질렀지만 반딧불이를 보고 감탄한다. 요즈음은 저녁 식사 후 산책보다 반딧불이 보는 재미로 걷는다.

이기주의에 탐욕스러운 인간들에 의해 생태는 파괴되어 가고 있다. 멸종 위기에 처한 동식물은 부지기수다. 그러나 욕심을 내려놓고 화학 약품을 멀리한 연고로 반딧불이가 돌아오고 있다. 자연은 엄청난 힘으로 옛 자리로 돌아가려고 애쓰고 있다. 욕심을 버리고 자기가 처한 곳에서 작은 것부터 실천하면 불가능한 것은 아니다. 옛날 시어머니들이 새 며느리가 들어오면 지렁이가 죽는다고 '뜨거운 개숫물을 수체에 버리지 말라'고 가르쳤던 그 교훈이 귀한 것이고 다음 세대에도 이어져 숙지 되어야 할 교훈이다.

반딧불이를 보려면 반드시 뱀도 있어야 한다는 것을 아내에게 이해시키는 데는 상당한 설명이 필요하다. 징그러운 그 녀석이 왜 저 아름다운 반딧불이 와 같이 살아야 하는지 이해가 안 되는 모양이다. 창조 질서로 구성된 먹이사슬은 톱니바퀴처럼 그중 하나라도 빠지면 균형이 무너져 모든 생물의 삶이 엉클어져 버린다는 것을 알아야 한다. 가을 하늘 파란색으로 물들기 시작한다. 날씨가 쌀쌀해지면 나의 텃밭도 조용히 막을 내리고 동물들은 반딧불이도 함께 동면에 들어가겠지. 헤어지기 전 한 번이라도 더 만나기 위해 서둘러 식사를 마치고 별이 반짝이는 산길 거닐며 내년에는 더 많은 반딧불이가 돌아올 수 있도록 다지는 내 발걸음은 무겁다.

일상의 탈출

깨끗한 몸과 마음으로 이 땅에 보내진 지 70년이 넘었다. 세상 나이로 70을 고희라고 한다. 의미는 예로부터 드물게 오래 사는 나이란 뜻이겠다. 그동안 세파 속에 흔들리며 사는 동안 몸도 마음도 상처투성이다. 몇 년 전부터 헌 집을 내부 수리하듯 Reset 해보고 싶었다. 이런저런 이유로 미루어 오다 이번에 결단을 내렸다. 우선 내 몸과 마음속에 쌓여진 찌꺼기를 걷어 내보자는 것이다. 나의 몸은 필요 이상 과하게 먹는 관계로 노폐물이 발생하고 불필요한 생각으로 인한 나의 정신세계가 더럽혀져 있다고 본다. 그래서 먹는 것을 일시 중단해 보기로 했다. 일상에서 탈출하여 가던 길을 멈추고 몸과 마음을 돌아보는 시간을 갖기로 했다.

혼자서 실행하는 것은 어려울 것 같아 금식 수련원에 입소하기로 했다. 기간은 열흘이다. 두 달에 한 번 정도 이 수련원에서 금식 수련을 실행하기에 기간을 맞게 입소했다. 상당히 가파른 산으로 사방이 둘러싸인 산 중턱에 위치한 수도원이다. 높은 산 위에서 내려다본 골짝은 이제 나뭇가지마다 노란 새싹으로 새로운 희망이 움트는 계절이 피부로 느껴진다. 더 늦기 전에 다시 한 번 새 출발해 보기로 한다.

같이 입소한 사람은 열여덟 명이었다. 연령 별로 보면 20대 초반부터 칠십대까지 다양하다. 소지품으로 지닌 먹거리는 모두 관리 사무실에 자진 보관

처리되었다. 나는 수년간 생명줄처럼 먹고 있는 혈압약과 당뇨약까지도 기도하는 마음으로 믿고 맡겼다. 방을 배정받고 잘 짜여진 스케줄에 의하여 수련이 시작되었다. 약 1리터 정도의 효소 한 병이 10일간의 먹거리 전부란다. 견디기 힘들 때 효소를 물에 타 마시게 했다. 그리고 따뜻한 뽕잎 차가 탈수를 막기 위해 계속 공급되고 있다.

새벽 5시 기상하여 개인의 명상과 기도로 시작되는 일과는 밤 9시경에 모두 끝났다. 한가한 시간이 없는 관계로 배고픈 생각을 잊게 한다. 한 끼도 금식해 본 일이 없는 나로서는 모험이다. 하루가 지난 나의 뱃속에는 기관차 소리가 난다. 뱃소리가 요동칠 때마다 창자를 청소하는 소리로 기쁘게 들었다. 아니 그보다 그동안 너무 많이 먹은 나의 잘못을 용서하여 주소서 하는 나의 기도 소리였다. 시장기보다 기운이 떨어지면 하루 세 번 정도 효소를 물에 타 마신다. 그것으로 인하여 탈진을 면하는 듯하다. 끼니때가 되면 언제 어디서나 밥상으로 달려가는 일상에서 멈추어 서서 몸의 관성을 중단하는 것은 지독한 나와의 전쟁이다.

금식한다는 것은 참으로 경이롭다. 우리는 때로 '먹기 위하여 산다'고 해도 과언이 아니다. 일상 속에서 하루 세 번 끼니때마다 맛있는 것을 기대하며 식사를 기다린다. "밥 같이 먹자"는 약속은 가장 기대되는 약속이다. 음식을 담당하는 쪽에서는 아침을 준비하여 공급하고 나면 곧 다음 끼니 준비에 마음이 쓰일 것이다. 그리고 보면 생활의 대부분이 먹거리에 매달려 있다. 그래서 요즈음은 주부들 중심으로 삼시 세끼에서 탈피하려는 운동이 일어나고 있다. 금식 수련 기간은 전연 식사란 단어 자체가 사라진 것이다. 일상생활이 놀랄 정도로 단조로워진다. 자고 나도 먹는 것에 대한 기대는 아예 없다. 시계가 12시가 되어 아무리 뱃속에서 구라파 전쟁 소리가 나도 점심 생각을 하지 않아야 하는 것이 금식 수련이다. 먹지 않았으니 화장실도 갈 필요가 없다. 생리현상이 일시적으로 멈추게 된 것이다. 인간보다 먼저 모든 동물들은 몸이 불편하면 본능적으로 굴속에 들어가 금식한다. 인간에게도 적용될지 모르지만 단기간 금식은 해롭지는 않다고 한다. 나날이 똥배가 줄어지고 몸이 가벼워지는 것을 느끼며 배고픔을 이겨낸다.

성경 공부, 건강 강의와 체조 등으로 오전 일과 마치고 휴식시간 후 매일 오후 14시 30분에는 스트레칭을 마치고 산행을 시작한다. 식사를 하지 않은 상태로 산행은 무리일 것으로 보인다. 그러나 손에 보온병에 따뜻한 물을 채워 들고 한 줄로 서서 침묵으로 나서는 무리의 모습은 출정식에 나온 병정들 같았다. 우리들의 눈동자는 반짝이며 한낮의 따사로운 햇살을 등에 지고 산을 오르는 모습은 엄숙해 보인다. 우거진 나무들과 대화하며 금식한 몸으로 가파른 길 1km를 포함 7km 산행은 생각으로 불가능할지 모른다. 조용히 명상하면서 기도하며 걷는 모습은 순례자를 보는 듯하다. 18명 중 한 사람도 낙오자 없었으니 놀라운 일이다. 천천히 2시간 반 정도를 걸어 돌아오면 땀이 비 오듯 하지만 마음은 한결 개운해진다.

7일 차 저녁 성경 공부를 마치고 밤 9시경 '간 청소' 시간이 되었다. 빈속에 자몽즙에다 올리브 오일을 혼합한 맛이 좀 이상한 음료를 큰 잔으로 한 잔씩 마시고 이어 동치미 시원한 국물을 두 잔씩 마셨다. 숙소에 들어오니 곧 설사가 계속되었다. 몇 번이나 화장실을 들랑거리며 마신 것을 그대로 쏟아내지만 기분이 좋다. 내 속을 샤워한 것같이 깔끔해진다. 간까지 잘 모르지만 위와 장은 확실히 깨끗이 청소한 것 같다. 다음날 일찍이 몸무게를 달아보니 어제보다 2kg 정도 줄었다. 결혼 후 처음으로 71kg이 되었다. 평소 77kg에서 6kg 줄어든 셈이다. 비고 비운 몸으로 바라본 세상은 뿌연 안개가 걷히며 멀리 바라다보이는 산들이 오늘따라 한 폭의 수채화처럼 가까워 보인다. 이제 피기 시작한 정원의 개나리 노란 꽃잎이 시집온 새색시의 첫 나들이 나온 모습같이 청순하다.

일생 처음이요 마지막이 될 금식 수련 10일간의 무사히 마쳤다. 스케줄 틈틈이 개인 묵상과 기도로 마음의 구석구석에 쌓아 두었던 부스러기들을 허공에 날려 보내려 발버둥 쳐 보았다. 마음은 내장청소처럼 물리적으로 깔끔히 배출하기는 어렵다. 다만 순간순간 변화하려는 노력으로 살아야 할 것을 굳게 다짐하는 기회였다. 몸무게를 6kg 감량한 것은 가시적인 성과로 볼 수 있다. 특이한 것은 금식 상태에서 최장 7km 산행에 한 사람의 낙오자도 없이 성공했다는 것은 특별한 힘의 존재를 느끼게 한다. 그동안 약에 의존하여 정상 범위를 유지해오던 혈압과 혈당이 약 없이 정상으로 유지되고 있다. 앞으로도 나의 의지와 기도로 유지할 수 있을 것으로 믿고 싶다. 열흘간의 일상 탈출로 돌아본 나의 모습. 고희를 넘긴 내게도 기회를 주시고 함께 해주신 하나님께 감사드리며 주위의 반대에도 불구하고 강행한 고집이 자랑스럽고 동고동락하며 격려해준 수련 동료들과 멀리서 힘내라고 기도해주신 지인들에게 감사드린다.

이광순

지난주 빈 필하모닉 오케스트라 공연을 다
녀왔다. '마음으로부터 또다시 마음으로 가리
라'는 그들의 모토만큼 내 마음을 사로잡았던
연주. 이 가을, 에센바흐의 피아노와 클라리넷
의 음률로 내 가슴이 깊어질 것이다. 그 깊음
속에서 건져질 내 언어를 기대하며....

시

민들레꽃 피다

강물에 들다

염전

그 겨울나무는

밀라츠카 강의 다리

P R O F I L E

서울 출생, 국민대교육대학원 졸업
『문파문학』 신인상 시 부문 당선 등단
한국문인협회 회원, 문파문학회 운영이사, 시계문학회 회원
저서: 공저 『바람이 창을 두드릴 때』 등 다수

민들레꽃 피다

꽃이 피어나기 전
떠나지 못한 바람 숲을 흔들었다
간혹 그 바람 어눌해지면
낮은 땅 숭숭 틈을 내고 연둣빛 숨
내뿜곤 했다

마른나무 찍어대는 딱따구리 소리에
툭툭 터지는 노란 웃음

공중에 걸린 신경줄 팽팽하게 당기고 겨울 숲
달렸다 숨 턱에 차도 떠밀린 등 멈출 수 없어
그저 달렸다 혼자이고, 피할 수 없는 벽에 부딪혀
눕는다 누워본 적 없는 바닥 더 이상 하강할 곳
없는 사람들.

언 땅 구르던 햇살 모질어지면
그 가슴마다 처방된 노란 리본
투명한 봄비 내릴 준비를 마치고
숲이 밝아진다

흐물대는 아지랑이 사이로
일어선 사람들이 보인다.

강물에 들다

밤새 발화하지 못한 몸에 돋아난 비늘
이른 햇살에 툭툭 털어내고 있다.

흐름의 방향으로 떠 있는 배
멀리 암벽을 향해 움직여보지만
무수히 일어선 물모서리에 몸을 베인다
도려내면 부풀어 채워지는 시간의 속성
한때 관계했던 바람과의 기억은
발끝에 잠시 머물 뿐
꿈을 섞고 있는 강물 속 어둠이 깊다.

물의 고리를 잡을 수 있다면
덜 자란 돛을 올린다 배가 강물을 밀고
밀려난 물이 내지르는 소리의 얼룩
이카루스가 날개를 펼치고
푸른 숨 쉬던 갈대가 버린 사색의 껍데기들은
물 위를 구른다.

베어도 무성하게 자라나는 죽은 나무 그림자

주황색 노을로 어두워지고
바다로 가기 전 빗장을 풀지 못한 강물 위로
상현달이 떠오른다.

염전

어찌 이리도 넓은 소금밭을 만들었을까

하얗게 웃음 짓는 파도를 끌어들여

넘나든 물의 육체

층층이 방을 만들어 폐포 가득 하늘을 들여놓았다

부푸는 허파꽈리마다 잉걸불이 타올랐다

사막을 건너온 낙타의 눈물에 반짝이던 수정의 언어

사금파리 위에 떨어져

태양이 자근자근 밟고 지나갈 때쯤이면

목마름에 말라가는 허파

눈을 감고 죽음 앞에 남겨진 시간들을 끌어모아

마지막 숨을 쉰다

깊어지는 들숨으로 가래질하여 정제시킨 보석의 말씀으로

꽃 피워야지

아린 기억의 땡볕들로

가두고 있던 숨을 조금씩 뱉어낸다

차갑게 식은 가슴에서 설산의 눈물로 녹는 짠맛

그 겨울나무는

광장시장 사거리는 늘 바람이 깊다

길가에 떨구어 놓은 취업 걱정 사는 걱정들

냉한 습기로 파고들어

미처 끌어 올리지 못한 추억이 다리께 얼어붙었다

띠릭띠릭 초록 신호등 들어오면

근처 인력시장서 이쪽저쪽으로

방향을 바꾸고 떠나는 사람들

다른 형상으로 변하는 세상따라

모습 바꾸지 못한 나무 그림자 되돌아갈 길을 묻는다

웅크렸던 시간들 좌악 퍼지고

마지막 호출도 끊긴 순간의 고요

바람은 무조음의 피콜로 소리로 울고

김이 오르는 종이컵을 든 사내 하나 나무에 등 길게 누인다

그 겨울나무는

소란한 그림자 거두고

서둘러 앞선 시간 재촉한다.

밀라츠카 강*의 다리

두 번 피의 역사가 시작된 다리
전범이 아니고 영웅이라는 그 믿음
검붉은 화인으로 남았다.

세 민족의 매력적인 공존이
신과 민족으로 음각되던 날
살아있는 너를 만나기 위해 건너던 다리는
죽음이 되었다.

쐐기처럼 눈에 박히던 늦봄의 파란 하늘
한 무리 관광객들이 휩쓸고 지나간 다리 위에 남은
순간의 먹먹함
검은 그림자 하나 뒤돌아본다.

기억하지 않는 사람들의 도시
만국기와 세계인의 함성이 뒤흔들었던 광장에
젊은 피로 하얗게 돋아난 비석들
다리는 'Don't forget, 93'이라 말하고
사람들은 다시 섞이어 흘러가고 싶다.

무수한 총탄에 뚫린 채 서 있는 노란 건물 옆으로

원색의 트램이 돌아가고 있다.

---

*밀라츠카(Miljacka) 강 : 사라예보 시내를 흐르는 강. 이 강위에 놓인 다리 위에서 세
계1차 대전과 세르비아 내전이 시작되었다.

최완순

숨겨진 양심 속에 울지 못하고 웃고 있는,
웃음 속에 울음이 있다면
그 웃음은 아픔이다.

수필

제주가 좋은 것은

내 인생 내가 사는 것

주는 마음과 받는 마음

P R O F I L E

충남 대천 출신. 안양대학교 국어국문과 졸업. 『문파문학』 수필 부문 신인문학 당선 등단.
한국 수필문학협회, 문파문인협회 운영이사. 시계문학회, 한국문인협회 회원.
수상: 시계문학상   저서 : 수필집 「두릅순 향기, 일곱 살 아이」 「꽃삽에 담긴 이야기」
공저 「그랬으면 좋겠네」 외

제주가 좋은 것은

　평화의 섬 제주, 방언이 심해 외국어를 듣는 것처럼 이색적인 말을 하는 사람들, 관광객이 이별을 가르쳐 준 그리움 먹고 사는 섬사람들, 다시 올 관광객을 맞이하려고 봄, 가을이면 신부처럼 계절의 드레스로 갈아입는 제주가 나는 참 좋다. 원주민의 얼굴에는 빈부의 차이를 느끼게 하는 사치스러움도 없고, 해수 바람이 훈풍으로 살갑게 피부에 스치는 공기도 좋다. 차를 타고 해안도로를 달리면 수평선은 하늘과 맞다 천상으로 가는 하늘길이 열릴 것 같은 설렘이 있다. 화산 폭발의 흔적은 바다 기슭에 용의 머리를 닮은 바윗덩이를 토해 놓았고 용의 눈은 제주의 바다를 위풍당당하게 지키고 있다. 봄이면 유체꽃이 섬 전체를 노랗게 물들이고 새해 희망을 심는다. 가을이면 만추의 풍요를 알리는 억새풀은 은빛 물결처럼 바람에 날리며 시인의 마음을 닮게 한다.

　제주도는 화산 폭발로 지각 변동으로 인해서 생겨난 섬이다. 섬 전체가 검은 돌로 쌓여 있어 첫눈에도 환상의 섬 분위기를 감지할 수 있다. 섬 안에는 360여 개에 달하는 오름들이 다양한 형상을 하고 산재되어 있다. 산이라고 하기에는 높지 않아 오름으로 부르고 산으로 부르는 것은 한라산, 산방산, 송학산, 10여 개의 산뿐이다. 제주의 자랑 한라산은 봄에는 모진 겨울바람을 이기고 진분홍 치마저고리를 갈아입은 진달래꽃이 등산객을 반기고, 여름에는 등산객을 환대하며 시원한 약수 물로 더위를 식혀 준다. 가을빛 단풍은 여인의 앞가슴처럼 요염하여 등산객의 걸음을 쉬어 가게하고, 겨울에는 눈꽃이 순백의 모습으로 수정처럼 매달려 보석방안에 있는 듯이 찬란하다. 때문에 한라산은 제주의 혈맥과도 같다.

제주의 '혼저옵소예' 말은 '어서 오세요' 뜻이다. 주업이 고기잡이로 살던 옛날에 고기잡이 나간 서방님은 풍랑에 쓸려 돌아오지 않고, 육지로 물건 사러 간 서방님은 소식도 없고, 바다만 바라보던 아낙네의 애절함을 떠올리게 하는 '혼저옵서' 제주 방언에 애수를 느낀다. 고개 돌려 가을 들녘을 바라보면 농익어 가는 주홍빛 감귤이 운치를 더해주고, 어느 감귤밭이든 찾아들면 가지마다 주렁주렁 매달린 감귤이 먹음직하다. 친절한 주인은 찾아온 낯빛을 반기며 먹는 것은 돈 받지 않는다며 실컷 먹으라는 여유를 보여 준다. 제주의 인심은 사납지 않고 '혼저옵소예' 반긴다. 들판은 억새풀 은빛 물결로 출렁이고 황금빛 감귤은 달콤한 입맛으로 우리의 마음을 풍요롭게 한다.

제주의 억새는 9월 중순부터 꽃을 피우기 시작하여 11월 중순이면 하얗게 꽃이 흩어지기 시작한다. 가을이 되면 억새꽃으로 물결치는 제주의 들판은 은빛 드레스를 입은 신부의 모습을 띠고 바람의 연주에 맞춰 화려한 춤을 춘다. 나는 새별 오름 자락에 서서 억새풀 떠는 소리에 가을을 더듬는다. 봄의 유채꽃도 제주의 아름다움을 상징하지만 나는 가을의 억새가 안기어 주는 설렘이 더 좋다. 은빛 물결치는 억새꽃 사이로 숨바꼭질하듯 떠오르는 내 생애 추억들이 소중하게 느껴지기도 하고 왠지 혼자만이 외로워야 할 비밀이라도 있는 듯 나를 생각하게 하는 시상들이 있어 좋다. 바람이 연주를 시작하면 억새 풀잎 스치는 소리는 사랑의 연가가 되고 연가는 그리움 되어 가을의 치맛자락에 안겨 더 애상에 젖게 한다. 제주는 떠난 임의 품처럼 잊혀지지 않는 그리움이 있다.

가을빛 하늘은 파랗다 못해 시리도록 새파랗다. 모슬포항은 11월이면 방어가 제철을 맞아 바다의 진미로 사람들을 끌어들이고 있다. 해풍의 촉촉한 바람은 방어축제에 모여드는 관광객들의 가슴을 술렁거리는 흥분으로 돋우어 주기도 한다. 그런가 하면 해녀들의 물질하는 발끝은 수중 속으로 빠져들어가 바닷속에서 전복, 소라를 따 소쿠리에 담아올리는 모습은 예술품처럼 신비하기만 하다. 제주의 하루는 해 뜨는 바다와 노을 지는 바닷가에서 인생을 저축하며 하루를 마감한다. 자연 생태계의 변화에 삶을 이어 가는 제주사람들은 악의가 없어 보인다. 공장이 있어 공업화된 직업이 있는 것도 아니고 흙이 좋아 땅에 걸음진 곡식이 풍요로운 것도 아니다. 자연이 주는 축복에 웃고 울어야 하는 서민의 애환이 있어 제주는 더 정감 있다.

마라도를 가기 위해서 송학 선착장에서 훼리호를 기다리고 있었다. 선착장 방파제에 검은 바위들은 밍키 고래를 연상시키며 사랑스럽게 파도에 부딪혀 반짝인다. 산방산자락과 송학산 그늘에 자리 잡은 선착장 경관은 배를 타고 먼 길 떠나는 서방님을 향해 손 흔들던 옛날 아낙네의 그리움이 묻어나 보인다. 훼리호를 기다리는데 바다에서 물질하던 늙은 해녀가 소라, 전복을 망태기에 가득 담고 바위틈에 몸을 의지하며 올라오고 있는 것이 보였다. 욕심껏 따서 담은 소라의 무게에 노인은 쓰러질 듯 몸을 추수르기 힘들어 보인다. 제주의 여자 일생이 그림처럼 눈앞에 펼쳐졌다. 머리에는 물안경을 달고 검은 고무 옷을 입은 해녀가 눈앞에 있다. 제주 여인의 삶을 놓치지 않으려고 눈에 힘을 준다. 저 멀리서 바위틈에 붙어 있는 굴을 따던 남편이 해녀의 힘든 몸짓을 보고 급히 곁으로 다가가며 손을 잡아 준다. 사진으로만 보던 잡지 속 해녀가 물 밖으로 튀어나와 남편의 손을 잡고 올라오고 있었다.

짭짜름한 바닷물이 입술에 매달려 오감을 자극했다. 노인의 퉁퉁 불은 손등은 바다거북 기어가듯 바다에서 끌어올린 망태기 속으로 다시 들어갔다. 힘들게 끌어올린 소라를 툭툭 치는 손길이 투정부리는 아이 눈망울처럼 젖어있었다. 노인은 고맙다는 말을 수없이 하며 바위 위에 막 끌어올린 소라를 우리에게 꺼내어 놓는다. 힘들게 끌어올린 소라로 고마움을 답하고 싶은 것이다. 노인의 삶의 귀퉁이를 내어 주듯 부르르 떠는 손끝에서 힘들었던 해녀의 매일이 그려진다. 자꾸만 덜어내는 소라를 그만 달라고 소리 질러도 노인은 못 들은 척 끄집어냈다. 가지고 갈 수 없다고 해도 노인은 자꾸만 넉넉히 내어놓았다. 자연인의 고마운 마음의 표현을 세속에 물들은 나는 그냥 쳐다볼 수밖에 없었다. 노인의 인간애와 제주의 삶이 따뜻하게 느껴진다.

돌과 바람, 억새와 유채꽃, 해녀와 전복, 자연의 경관을 그대로 보존하려는 안간힘, 그 속에 제주의 자존심이 살아 숨을 쉰다. 제주가 좋은 것은 오염되지 않은 자연 바람에 언제든지 집을 나오면 심신이 맑아지는 유쾌함과 자유가 있다. 가진 것 없는 이 모습 이대로 살아도 제주에서는 배가 부른 어린아이 같다. 오늘도 은빛 드레스를 입은 억새꽃 앞에서 감성이 춤을 춘다. 아직은 겨울이 멀어서인지 가을 들판의 햇살은 더욱 푸르고 감귤향내 터지는 제주는 참 좋다.

내 인생은 내가 사는 것

붉은 꽃이 시들어지는 모습을 보며 인생을 생각해본다. 화려한 모습만큼 아픈 상처는 없었는지, 지는 꽃의 무게 위에 살아온 과정을 뒤돌아본다. 벌판 위에 부는 바람은 바람막이 없어 성깔 있게 몰아붙여 지고, 가로수에 부딪히는 바람 소리는 세인의 아우성처럼 구구절절 흐느낀다. 세상살이처럼 파란만장한 바람 소리에도 한 번쯤은 인생의 질곡을 생각한다. 사람 숫자만큼 인생 보따리를 뒤져 보면 그 속에 담긴 사연은 죽음 앞에서 울어야 하는 이별이 있고, 가진 것 없는 두려움에 고개 숙여야 하고, 권력 앞에 양심을 저버려야 하는 욕망이 있다. 또는 순교자의 길을 가는 믿음의 순례자도 있을 것이다. 인생, 스스로 살아온 인생을 누구의 인생을 잘살았다고 말하고 누구의 인생을 잘 못살았다고 치부할 것인가? 내 인생은 내가 살아가는 것이다.

돌아가신 친정아버지가 '내 인생은 내가 사는 것'이라고 가훈처럼 말씀하셨다. 어렸을 때 그 말을 들으면 울컥 화가 치밀었었다. 말 그대로 내가 내 인생 살지 누가 내 인생 살 수 있느냐고 웃었다. 그것은 한 번 지나간 인생은 되돌릴 수 없으니 잘살아야 한다는 말뜻이었다. 그때 비웃던 철부지가 지금은 그 말을 내 말로 가슴에 담고 있다. 남이 잘 살아 줄 수 없는 인생, 내가 빚어내야 하는 내 인생을 어려서 잘 몰랐다. 다른 사람들의 잘 살아온 인생을 부러워하지 말고 스스로 자신의 삶을 잘살아야 한다고 그렇게도 강조하던 아버지, 아버지는 인생을 알고 계셨다. 완고하고 강인한 철학을 갖고 계셨던 아버지는 남들로부터 존경받으며 돌아가셨다. 지금쯤 아버지가 살아계셔서 그 말씀을 하시면 웃지 않고 숙연해졌을 것이다.

축축한 시멘트 바닥 위에 라면 박스로 냉기를 거두며 노쇠한 남자가 웅크리고 누워 있다. 노숙자의 하루가 시작되기도 하고 하루를 마무리하기도 하는 지하도 안, 노숙자들의 밤은 깊어 간다. 노숙자가 되어 살아가는 그들의 생활은 몸을 뉘이고 긴 밤을 보내야 할 은신처를 찾아 하룻밤을 자는 것이 그 날의 안식일 것이다. 노숙자의 여름밤은 하늘에 총총히 밝힌 별을 보며 누구에겐가 인생을 원망하며 스스로를 위로하기도 할 것이다. 그리고 추운 겨울밤의 냉기와 허기는 그들에게 죽음 같은 두려움일 것이다. 가장 밑바닥에서 사는 인생, 꿈도 상실하고 웃음도 잃어버린 얼굴, 태어날 때부터 노숙자는 아니었을 텐데 그들이 하고 싶었던 것은 무엇이었을까? 다시 태어난다면 잘 살 수 있을까? 어디에서부터 어디까지가 잘못되어 노숙자 인생이 되었는지 안타까운 마음에 새로운 인생을 주고 싶다는 생각이 든다.

사람은 사는 방법이 다르고 생각의 차이가 커서 인생 살아가는 이야기가 다르다. 돌아갈 집이 있어도 스스로를 학대하기 위해 노숙자가 된 사람도 있다. 내가 알고 있는 남자가 그렇다. 그는 좋은 가정에서 자랐고 명문대를 나왔다. 오히려 잘생긴 외모에 좋은 조건은 그의 인생에서 행복을 칼날같이 도려내고 있었다. 감성에 충실한 그는 사랑을 절제할 수 있는 이성이 없었다. 때문에 사랑은 소리 없이 그를 노숙자의 말로를 선물했다. 술은 그에게 친구며 악마 같은 존재였다. 악마의 속삭임은 그를 여인에서 여인으로 배회하며 인생을 살게 만들었다. 내 인생 내가 살고 가는 길목에 그는 짧은 세월을 어둠 속에 던져두고 방황한 것이다.

어느 날 그는 사라졌다. 처음 그가 없어졌을 때는 가족들은 인생 낙오자의 무책임한 외출로만 여기고 어디서 무엇을 하며 살아가는지 찾으려 하지 않았다. 그가 3년 만에 나타났을 때 그의 찌든 옷이며 피곤해 보이는 얼굴은 지하도 노숙자의 모습과 똑같아 경악을 금치 못하고 보는 이를 아프게 했다. 세상이 그를 외면한 것도 아니다. 오히려 세상의 관심이 그를 깨닫게 했다. 자아가 낳은 현실을 견디기에는 너무 아픔이 커서 스스로를 자멸시키는 인생을 살고 있었다. 그의 아내가 한 말이 있다. 남편은 스스로 노숙자가 되어 다리를 절어 가며 동량으로 인생을 살던지, 엿장수가 되어 놋쇠가위 소리에 인생을 맡겨야 한다고 스스로를 학대하는 말을 자주 했다고 한다. 이것은 내 인생은 내가 살아온 결과였다.

세상 이편저편을 돌아보면 바둑판 위에 놓인 바둑알처럼 인생의 집을 짓는 삶이 엉클어져 있다. 응급실에서 죽음의 공포를 느껴본 적이 있다. 내 의지대로 살 수 없는 상태가 되면 안락사를 시켜줄 수 있는 법이 시행된다면 얼마나 좋을까 하는 각박한 인심을 가지고 한 노인을 보았다. 94세의 노인은 듣고 보는 것만 할 수 있는 상태였다. 기저귀를 차고 몸은 뼈만 남은 송장 같은 모습을 한 노인은, 입으로 물 한 모금 마실 수 없는 상태였다. 노인의 인생이 끝을 맺었으면 하는 안타까움이 가족을 보며 더욱 간절했다. 그러나 노인의 인생은 소중한 사람이 있었다. 88세 된 할머니가 휠체어를 타고 와서 근심스럽게 바라보는 눈빛이 '죽으면 안 돼요'라고 말하는 듯했다. 부부가 서로 죽음을 위로해 주고 있었다. 이것이 인생이로구나.

죽음은 두려운 것이다. 잘 살아온 사람이나 불쌍하게 살아온 사람이나 죽음 앞에서 두 손을 모으고 생명을 구걸하는 걸인의 모습이 된다. 물론 죽음에 대해 초인적인 사람도 있고 자살로 죽음을 선택하는 사람도 있다. 누구나 기다리는 인생의 끝, 나의 이야기가 끝나는 순간이 죽음이다. 리비아의 독재자가 죽든 날, 죽음 앞에서 겁에 질린 그에 모습을 잊을 수 없다. 그렇게도 당당하고 세상을 멋대로 휘두르던 카다피가 하수구 안에서 질질 끌려나오면서 두 손을 모으고 총을 쏘지 말라고 애원한다. 그만큼 독재 정치를 했으면 죽음도 받아들일 수 있는 대담함이라도 있기를 기대하던 마음이 울분으로 가슴이 싸늘해졌다. 그렇게 인생을 마감하는 것을 더 살아서 어떻게 하고 싶은 것이었을까 한 치 앞을 모르는 것이 인생이다.

고등학교 동창 친구가 간암에 걸려 아들의 간을 이식받았다. 아들의 간을 이식받은 친구는 만나면 젊은 아들과 같이 힘이 솟는다고 고마움을 자랑했다. 그럴 때마다 친구들은 "그래도 조심해라 아들을 생각해서 오래 살아야지"라고 말했다. 동창에게 느끼는 감정은 모두 같을 것이다. 그러던 어느 날 나는 친구의 유골 앞에 서야 했다. 아들의 사랑과 희생을 외면하고 죽음은 친구를 데려갔다. 영안실에서 사람의 그림자 틈새를 비집고 친구 아들의 얼굴을 찾아 바라보았다. 표정 없는 아들의 얼굴을 살피며 나는 친구의 아들만큼은 백수를 누리는 건강을 지키기를 염원했다. 그들의 삶이 어찌 여기에만 있겠는가? 인생은 사람 숫자 만큼의 사연을 담고 있다.

나는 인생을 잘 살아왔다고 말하면 하나님이 웃으실까? 누구나 비밀 하나는 가지고 사는 세상에 남기고 싶은 이야기는 '나는 죄인'이라고 말하고 싶다. 인생을 어떻게 살았는지는 세인이 말해준다. 그러나 보여지는 세상만이 인생의 전부가 아니다. 숨겨진 양심 속에 울지 못하고 웃고 있는, 웃음 속에 울음이 있다면, 그 웃음은 아픔이다. 통곡하고 싶은 인생의 허무, 피해가고 싶었던 운명, 미친 여인의 모습보다 더 괴로운 마음을 나는 인생에서 깨달을 때가 있다. 인생살이는 환희보다는 아픔이 더 많은 것 같다. 새로운 생명의 탄생도 눈물이요, 죽음도 눈물이요, 기쁨도 눈물이요, 슬픔도 눈물이다. 환희의 표정이나 울음의 표정은 똑같은 표정이라고 분석한 심리학자의 주장을 나는 받아들인다. 내 인생은 내가 살아가는 것이다.

주는 마음과 받는 마음

아이가 어른으로부터 사과를 선물 받았다. 엄마가 좋아하는 아이를 보면서 아이에게 물었다. "선물을 받으면 뭐라고 말해야 하지?" 엄마는 고마움을 표현하는 방법을 가르치기 위함이었다. 아이는 거리낌 없이 "사과 까까주세요."라고 말했다. 당황한 엄마가 낯을 붉히며 아이를 다시 가르쳤다. "고맙습니다 해야지." 요즘 선물은 당연히 받아야 되는 것으로만 알고 있는 아이의 말에서 현실을 바라볼 수 있었다. 선물을 받고 선물을 준 사람의 마음에 감사할 줄 모르는 것은 교만한 것이요 어리석은 것이다. 선물을 주는 사람도 상대에게 대가를 바라는 선물이 되어서는 안 되고 순수한 마음만을 전하면 된다. 선물은 역설적으로 보면 자기만족이며 자기 행복이다.

사회는 빈부의 차이는 있으나 옛날에 비하면 풍요로운 생활을 하고 있다. 윤택한 생활은 사람들의 마음에 여유도 주고 남을 배려하는 마음도 크다. 그러다 보니 요즘은 사람들은 작은 선물은 일상으로 여기고 살아가고 있다. 행사장이나 신제품을 출시하는 경우 선물을 경품으로 주어 선물의 고마움이 더욱 도외시되고 있다. 핸드폰 속 메시지는 거의가 선물을 준다는 광고로 가득하다. 선물은 조건 없이 주는 것이지 목적이 있는 것은 아름다운 선물이 될 수 없다. 선물의 순수성을 사회는 오염시키고 감사의 의미를 잃어버리게 만들고 있다. 아이들이 감사를 모르는 것도 사회가 가르친 오류다. 주면 받기만 하는 사회가 되어버리는 요즈음 주는 아름다움과 받는 감사의 마음을 각인시키며 살아야 한다.

사는 형편이 좋다고 모두가 선물을 하는 것은 아니다. 어렵다고 선물을 잊고 사는 것도 아니다. 때로는 사회생활을 하다 보면 마음과는 달리 선물을 해야 하는 경우도 있다. 하고 싶지 않은 선물을 해야 할 때 그것도 내가 살아가는 인덕으로 감사하면 상대에게는 좋은 선물이 되고 나에게는 행복한 웃음으로 되돌아온다. 감사와 은혜의 생활은 가정을 안정적으로 이끌고 더 나가서는 사회에 빛이 되는 선물이 되기도 한다. 주는 마음과 받는 마음의 텃밭에 양보와 희생으로 씨를 뿌리면 나눔의 수확을 거두는 행복이 있다.

언어가 긍정적이고 미소가 상큼한 사람이 있다. 그를 만나면 항상 선물을 가득 받고 헤어지는 듯이 흐뭇하다. 칭찬하는 말은 선물이다. 물질의 선물만이 선물로 생각하고 사는 생활 속에 말 한마디에 한동안 즐거울 수 있다면 값진 선물이 된다. 어쩌다 만난 사람이 던져주는 한마디가 상처가 되어 우울해지는 경우를 당하는 일들이 간혹 있을 것이다. 짜증이 나 있는 사람에게 격려의 말이나 칭찬으로 웃음을 지을 수 있게 할 수 있는 언어는 고마운 것이다. 똑같은 표현을 해도 상대의 입장이 나에 모습이라 생각하고 말을 하면 고운 말을 하게 된다. 칭찬하는 말을 하려고 노력하면 고운 말이 습관처럼 된다. 고맙습니다, 아름다워요, 훌륭해요, 좋아요, 건강하세요, 보고 싶어요 등등 이런 것들이 포장되어지지 않은 언어의 선물이다.

지하철 안에서 가끔씩 만나는 사람들이 있다. 얼굴은 햇볕에 바랜 낙엽처럼 버석거리고, 세균의 온 상지처럼 보이는 전단지를 무릎 위에 놓고 구걸을 하는 사람을 본다. 그들은 똑같이 돈을 주면 "고맙습니다." 인사를 한다. 하루하루를 그렇게 살아가는 그들은 고마움이라는 단어에 길들여져 있다. 그래도 주문처럼 고맙다는 말을 하는 그들을 외면할 수 없다. 나에게도 나누어 줄 수 있는 조건을 그들은 선물했기 때문에 그들은 나와 상부상조했다고 생각을 하기 때문이다. 언제나 주는 것은 상대가 있다. 상대가 어떠한 위치에서 어떤 모습으로 다가오는가는 환경에 따라 다르지만 줄 수 있는 감사의 마음은 한결같은 것이다.

남편은 골프를 좋아한다. 여름에 태국으로 친구들과 골프를 치러 몇 번을 다녀왔다. 한국에서 골프를 치는 것보다는 경제적이고 여름의 후덥지근한 더위보다는 태국의 습도 없는 바람이 골프 치기에는 시원하다는 이유에서다. 골프를 치는 동안 지정 캐디를 쓰면 더 열심히 하고 편하다는 이유로 지정 캐디를 쓰고 있다. 가난한 그들에게는 지정 캐디가 되는 것은 운이 좋은 것이라 최선을 다한다고 한다. 남편의 캐디는 아들과 딸을 키우고 있었다. 캐디가 아이 둘을 데리고 와서 보았다며 그들이 너무 불쌍하다고 안쓰러운 표정을 지었다. 다시 보게 되면 아이들에게 선물을 사다 주고 싶다고 했다. 다음 해에 캐디 아이들 책가방을 사달라고 부탁을 했다. 나는 웃었다. 캐디에게 선물을 한다는 남편의 발상에 웃을 수밖에 없었다.

이마트에서 초등학생용 책가방을 아이들 입학시키는 것처럼 열심히 고르면서 기분이 야릇하다. 남편이 지금 나에게 무엇을 시키고 있는지 명청해지는 느낌이 들었다. 남편의 선물에 대한 순수성을 생각하며 책가방만 사지 않고 연필과 필통을 곁들여 사가지고 왔다. "캐디에게 선물 사가지고 가는 사람은 당신뿐이야." 행복은 내 안에 있다. 주는 기쁨을 비행기에 신고 가는 남편은 자기 만족을 스스로 만드는 행복한 사람이다. 불쌍한 캐디가 함박꽃같이 웃는 얼굴이 좋아서 그는 선물을 준비했다. 아이들의 어깨에 매어지는 행복을 보고 싶어 그는 힘든지 모르고 짐을 가지고 갔다. 남편을 기억하고 있기도 않을 캐디에게 선물을 준비하는 것은 측은지심이 생겨난 인간성이다. 남편은 주는 기쁨을 알고 있다. 주는 것은 자기만족이라고 항상 강조한다.

교회 안에서 크리스마스 선물을 할아버지가 아이들에게 나누어주며 더 가지고 갈 사람은 집어 가라고 말한다. 아이들이 저마다 손을 넣어 선물을 집어 들고 있다. 한 아이가 할아버지의 손을 보면서 말없이 서 있다. 할아버지가 말했다. "애야 너도 가져가렴" 아이는 웃으면서 말했다. "할아버지가 집어 주세요." 할아버지는 네 마음대로 가져가도 된다고 다시 강조했다. 아이는 자기 손보다 할아버지 손이 크니까 할아버지가 집어 주면 더 많이 가질 수 있다며 기다렸다. 선뜻 가져가려는 행위보다 주는 대로 받으려는 아이의 마음이 더 많은 것을 받을 수 있는 아이러니컬한 이야기다. 선물은 크든 작든 주는 이의 마음이다. 주는 마음을 받을 줄 아는 겸손함과 주는 선물은 가식이 없는 사랑이 있어야 한다.

세상은 황금알을 낳는 오리처럼 감사의 선물이 가을 햇살 속에 주는 마음과 받는 마음으로 가득 차는 삶이 되었으면 한다. 내가 사랑하는 사람, 나를 아프게 하는 사람, 그들에게 선물을 할 수 있는 풍요로운 세상이 되어지기를 꿈꾼다.

박옥임

색색으로 물들며 가는 삶의 길에서
'빨리 가려면 혼자 가고
멀리 가려면 함께 가라'는
아프리카 속담처럼
우리 함께 추억의 시간을 오래 만들어 갔으면...

시

고마워

상처

단풍 II

필부의 노래 II

이팝나무 아래서

PROFILE

부산 출생. 성균관대학교 교육학과 졸업. 『문파문학』 시 부문 신인상 당선 등단
한국문인협회 회원. 문파문학회 운영이사. 시계문학회 부회장.
저서: 공저 『그랬으면 좋겠다』 외 다수

고마워

갈증으로 목이 타드는데
잘 와주었네
가지 끝부터 뿌리까지
시원히 씻기어
꽃잎 접은 사이로
일어서는 작은 연두 잎조차
또렷이 밝혀
반짝반짝 빛나게

숲은 봄의 허공을 춤추는 빗방울을
가슴 터지도록 안았다

상처

언어가 비수 되면
가슴이 천근의 무게로 내려앉는다

보이지도 만져지지도 않는
느낌과 생각으로도
꼼짝없이 포박된다

작은 가슴에 금이 가고
피가 맺히며
아픔이 살을 헤집는다

높은 가지 끝에 앉아
떨고 있는 참새처럼
참을 수 없는 적막에 박혀 있다가

서녘 하늘 끝으로 일어나는
붉고 따끈한 석양빛이
찬찬히 세상을 끌어안으면

그제야 금들이 아물고

포박되었던 암울함에서 자유롭다

단풍II

환희 부풀어 피는 봄꽃보다
더 화려하고 더 섬세하게
한 잎씩
한 잎씩
색을 입고서
뭇 색깔로 펼치어
부시도록 아름다움을
들려주는 색의 교향시

필부匹婦의 노래 II

노을이 땅끝에 걸려
숲은 먹물 번지듯
점점 검게 짙어져 내리며
마음 놓고 비상하던 새들
조용히 제집으로 내려앉는다

일상이 느릿느릿 무덤덤히
반복되고 있다고 한숨 뱉는 사이
시간은 쉴 틈도 없이
재빠르게 달려가고 있다

달려온 시간보다 가야 할 시간이
훨씬 적게 남은 지금
피부 밑으로 흐르는 핏줄들
도는 발길도 느려지고
신경까지도 깜박깜박 졸고 있다

간직했던 열망조차 가뭇없고
희미한 빛 속에서 안간힘 쓴다
불러보고 싶은 노래가 무엇이었지?

이팝나무 아래서

이팝나무 아래 섰다
취산화서*로 활짝 피웠던 꽃

조금씩 까맣게 열매 맺어가는데
아직도 침묵 속에 갇혀 있는 영혼들

하늘 아래 땅을 밟으며
숨은 쉬어도 막혀오고
타고 있는 가슴에 따가운 햇살
독침 되어 온몸 구석구석 찌른다

터져 나오는 뜨거운 피
차가운 너의 몸 데우러 갈련다
허공 어디에서 우리 만날 수 있을까
가슴에 꼬옥 안을 수 있을까

다시 두려워지는 슬픔

---

*취산화서(聚繖花序) : 먼저 꽃대 끝에 한 개의 꽃이 피고 그 주위의 가지 끝에 다시 꽃이 피고 거기서 다시 가지가 갈라져 끝에 꽃이 핀다. 수국, 작살나무, 자양화 등.

권소영

**나는 열린 시간 속 시詩 여행자
낡은 배낭을 날개처럼 달아요**

시

봄, 꿀

입추

여름 독서

눈사람을 만들어요

행복한 불모

PROFILE

경북 문경 출생. 『문파문학』시 부문 신인상 당선 등단
한국문인협회회원, 문파문인협회회원
저서: 공저 『순간』, 『2014 문파대표시선 59』 외

봄, 꿀

사랑을 믿어요?
햇봄 같은 처녀애가 묻는다
남자가
그럼, 너무 믿지
'너무'라고 말해도 '정말'로 적는
TV 자막처럼
처녀는 배시시 웃는다

넘치면 독
너무 믿어
꽃과 꽃으로 옮겨 나는 벌이여

모진 사랑의 독 한 스푼 듬뿍 풀어
해장하는 늙은 여자여

입추 立秋

진진초록 매미 울음 잠시 멈춘 사이
가까이 울어도 먼 듯 풀여치 소리 아릿하다
습자지마냥 얇게 닳아진 날개가
여린 속내 투명하게 들킨 채 파들거린다

쉰 해 넘는 여름 동안
저민 생강편 같은 내 심장의 울림은
누구의 귓가에 저만치나 닿았었나

여윈잠 깬 새벽 우부숙한 근심의 수풀에
맑은 물 한 잔 흘러들 듯
우릿하게 스며오는 찬 기운

여름 독서

매미 소리 우산 아래가 투명한 진공 적막이다
봄밤에 휘청거려진 시선 가라앉고
마알간 윗물에 구름 없는 하늘이 내려앉는다
그 물에 다시 구름이 들자 나는 서쪽으로 흐른다

가로 읽기는 왼쪽 위에서 시작해 오른쪽 아래에서 끝이 난다
동쪽의 시작점에서 첫 페이지를 연다
이스탄불에는 다른 시간의 흔적들이 같은 공간에서 마멸되고
지혜의 집은 지혜롭지 못한 자들의 거친 손때가 묻어 퇴색한다
술탄아흐멧 광장에 아잔이 울리면 금식은 끝나지만
영원한 금식의 히잡 아래 커다란 검은 눈에서
나는 비릿한 수 세기의 역사를 읽는다

태양이 무서운 산 자들 사이를 벗어나
네크로폴리스 죽은 자의 이끼 낀 그늘 아래 숨는다
사이프러스에 숨어든 매미여 침묵하라
귀가 미치지 않는 영역에서 들리는
천 년의 울림으로 떨리는 나뭇가지들

머무르고 떠나고 또 돌아와 사랑하고
미워하고 살고 또 죽으며
데린쿠유, 깊은 우물 속은 여전히 깊고
피맺힌 손끝으로 동굴 벽에 넣은 혼은 천 년을 간다
한 자락 마음에 방 들여 면벽 칩거해도
길은 언제나 위를 향해 있고
시원은 같은 지점이다

항아리에 가득한 고요처럼 글자 속은 비어있다
읽을 수 없는 것을 읽는 동안
바람이 한 챕터를 마무리하고 구름이 높아지자
매끄럽고 단단하던 여름 살갗에 실금이 가기 시작한다

눈사람을 만들어요

사랑을 믿어요
우리 눈사람을 만들어요
나는 몸통을 만들게요
당신은 머리를
갓 내린 눈은 작은 새의 깃털처럼 떨고 있어요
놀라 달아나지 않도록 부드럽게 두 손에 담아
꽁꽁 뭉쳐요
펄떡이는 심장이 느껴지나요
이제 처녀의 속살 같은 눈 위로 굴리는 거예요

당신이 만든 머리엔 입이나 귀는 붙이지 마세요
감은 눈이면 족해요
내 뛰는 심장과 당신의 감은 눈만으로
눈사람을 만들어요
녹아 눈물로도 남지 못할

사랑을 믿어봐요
저렇게 또 눈이 오잖아요
나는 머리

당신은 몸통을 만들어요
머리엔 감은 눈만 붙일래요
녹아 질척이는 환멸만 남아도
감은 눈은 눈을 기다릴테죠

삶도 사랑도 죽음도 시작해야 시작되므로
우리 눈사람을 만들어요

행복한 불모

바람도 늙은 땅에는 씨앗을 떨어트리지 않는다
새는 배설할 때 젊은 땅에 앉는다
새순 없이 봄을 맞고
경계가 서서히 밀려날 때만 해도 견딜만 했는데
봉우리 현저히 성글어지더니 마침내 회복불능이다
길고 풍성한 강물
물결 따라 빛나던 방년의 날들
대담했던 벌목의 계절엔
병든 타인의 대지를 덮기도 했던 기억
메마른 땅에 간신히 남은 뿌리로 지탱한다
푸석한 풀잎들이 바람 부는 방향으로 누울 때마다
안쓰럽게 드러나는 맨땅
인조 잔디라도 사서
무덤에 떼 입히듯 입혀볼까

오후 세 시 반 카페
머릿밑 훤한 초로의 여인네들이
까르륵 풍선을 터뜨리고
창가에 앉았던 새가 어리둥절한 채 날아간다

낮아진 햇살이 비눗방울처럼 떠다니다

초겨울 저녁 쪽으로 아늑하게 잠기고 있다

이흥수

가을, 이토록 파란 하늘 밑에서
호흡할 수 있는 행복 같은 것
또 떠나야하는 불안 같은 것

수필

아름다운 이별

새바람

여름 전원

PROFILE

경북 김천 출생. 동국대학교 국문학과 졸업.
『문파문학』 수필부문 신인상등단
한국문인협회 회원. 문파문인협회 운영이사. 시계문학회 부회장
공저 : 『순간』 『꽃들의 수다』 외 다수

아름다운 이별

잔뜩 찌푸린 회색빛 하늘이 한층 더 마음을 가라앉게 한다. 겨울 가뭄이 극심하다는 보도다. 비 또는 눈이라도 시원하게 내렸으면 좋으련만 봄비 같은 실비만 내리고 며칠째 우중충한 분위기만 연출한다. 마음이 심란할 때는 날씨가 한층 더 많은 심리적 작용을 한다. 가뜩이나 느닷없이 날아온 비보悲報에 돌덩이같이 무거운 마음을 날씨까지 일조를 하고 있다.

얼마 전부터 지인과 함께 텃밭을 일구느라 일주일에 한두 번씩 용인 운학동을 다니고 있다. 운학동으로 가는 국도에 원삼 백암이라는 이정표를 볼 때마다 그녀가 생각났다. 십여 년 전 백암에 주택을 지어 살고 있는 친분이 두터운 고향 후배다. 초행길은 영동 고속도로를 통과하여 어렵사리 그녀의 집을 찾아갔던 기억이 난다. 그동안 멀지않은 곳이면서도 한 번씩 시간을 낸다는 게 서로가 여의치 않았다. 며칠 전 후배가 전화를 했다. 하루 전에만 온다는 연락을 해주면 언제라도 환영한다며 보고 싶다는 후배의 말이 귀에 자꾸 맴돌았다. 텃밭일이 대충 마무리가 되고 김장 수확만 기다릴 시기에 하루 짬을 냈다.

늘 궁금하던 국도로 원삼을 거쳐 백암을 향해 차를 몰았다. 밝은 햇살에 아늑하게 보이는 마을들과 갓 수확을 마친 고요한 빈들을 지났다. 오르막길은 산길을 굽이굽이 몇 번씩이나 돌아가는 길이다. 마치 대관령을 방불케 하는 늦가을 찬란한 단풍이 아주 먼 곳으로 여행이라도 가는 듯 마음이 부풀어 올랐다. 국도로는 처음 가는 길이지만 이정표를 따라 별 무리 없이 담장 높은 그녀의 집에 무사히 도착하였다. 우리는 예전처럼 반갑게 만나 그동안 쌓아 두었던 이야기로 시간 가는 줄을 몰랐다. 그녀는 조금 수척해 보였고 흰머리가 듬성듬성 보기 좋게 섞여 있었다. 마당에 들깨를 수확해 몇 자루씩 담아놓은 그녀의 남편은 예전보다 훨씬 건강해진 모습이었다. 시야가 탁 트인 운치 있는 거실에서 그녀가 좋아하는 음악을 듣고 책을 읽었을 평화로운 모습이 그려졌다. 이제 집 안 구석구석도 한결 사람 사는 냄새가 푸근하게 묻어났다.

그녀는 오십 대에 녹내장으로 인해 시야가 점점 좁아지는 현상을 우연히 발견하게 되었다. 그녀의 친정아버지께서도 같은 병으로 오래 고생하셨던 기억이 난다. 병원에서 진행을 조금이라도 늦추는 약물치료 말고는 딱히 치료 방법이 없다는 말을 들었다. 서울에서는 생활하기가 날이 갈수록 여러 가지로 그녀에게 불편한 점이 많았다. 남편이 퇴직하자 마당이 넓은 주택을 지어 이곳에서 생활하고 있다. 그녀는 평소에도 여러 사람들과 교류하는 것을 그다지 좋아하는 성품이 아니었다. 모든 것을 다 수용해주는 남편의 끊임없는 배려로 크고 작은 시행착오를 겪으며 이제는 제법 시골 생활에 적응하고 있는 것 같아 한결 마음이 놓였다.

돌아오는 길에는 그녀와의 오랜 만남이 주마등처럼 떠올랐다. 젊은 날 남편이 직장 동료와의 대화 중 그녀가 고향 후배인 걸 알게 되었다. 처음 방문한 날이었다. 어린 아들을 안고 남편과 함께 우리 집 대문으로 들어서자 이산가족이 상봉하는 것처럼 반가워했던 모습이 지금도 눈에 선하다. 그 이후 사십 여년을 우리는 서로를 지켜보며 응원하는 든든한 후원자였다. 힘든 일도 좋은 일도 주저 없이 가장 먼저 알리고 싶은 사이였다. 밝고 순수한 약간 자유로운 영혼을 가진 그녀는 70년대에 미국 유학을 다녀온 인텔리다. 결혼 초 한동안 시댁의 여러 형제 중 맏며느리 역할이 버거워 많은 갈등을 겪기도 하였다. 그때마다 남편의 깊은 이해와 사랑으로 잘 극복하고 지금은 그녀도 어엿한 시어머니며 할머니가 되었다.

다녀온 후 2개월 남짓 된 날 아침이다. 외출을 하려고 한창 준비를 하던 중 그녀의 남편에게서 카톡이 왔다. 무심코 열어보니 "저의 집사람이 심장마비로 사망하여 가족만으로 장례를 마쳤음을 알려 드립니다. 마음이 정리되는 대로 연락드리겠습니다."라고 쓰여 있었다. 이런 무슨 뚱딴지같은 소린가? 눈을 의심하며 두근거리는 가슴으로 몇 번이나 문자를 확인해도 내용은 달라지지 않았다. 온몸에 힘이 빠지고 말문이 막혔다. 저번 방문 때 깜박 잊고 준비해둔 복숭아 식초를 못 주었다고 안타까워 전화했었다. 그녀의 마지막 목소리가 아련히 들리는 것 같다. 산다는 것은 이렇게 아무 예고도 없이 어느 날 갑자기 영원한 이별을 할 수도 있구나.

톨스토이는 살면서 늘 죽음을 기억하라고 일렀다. 지금 살아있는 이 순간이 소중한 선물처럼 느껴지며 순간순간 충실한 삶을 살아갈 수 있기 때문이다. 그동안 불편함을 인내하며 최선을 다해 살아온 후회 없는 그녀의 삶에 한없는 경의를 표한다. 오늘은 외출을 자제하고 따뜻하고 누구보다 음악을 좋아했던 그녀를 기억하며 이태리 성악가 안드레아 보첼리의 "Time to say goodbye"를 들어야겠다. 영혼을 울리는 그의 목소리를 들으며 그녀의 편안한 안식을 간절히 기도하고 싶다.

새바람

아침이 분주하다. 출근하는 사람과 학교 가는 학생의 시간에 맞추어 아침 식사와 준비물로 시끌벅적 사람 사는 냄새가 난다. 얼마만인가? 막내를 출가시킨 후 근 십오 년을 특별한 일이 없는 날은 적막한 아침을 맞으며 둘이서 조용한 식사 시간을 가졌었다. 모처럼 아침부터 바쁘게 몸을 움직이며 이것저것 챙기다 보니 까마득히 멀어진 젊은 날로 되돌아온 듯 잠시 새바람을 맞이하고 있다.

막내딸네가 새로운 집으로 이사를 하게 되었다. 이사 갈 집의 수리로 이십 여일을 세 식구가 친정으로 들어왔다. 혹시 우리에게 패가 될까 봐 오피스텔을 알아본다기에 무슨 소리냐며 흔쾌히 받아들였다. 들어오기로 한 날에 맞추어 설레는 마음으로 집 안 구석구석을 살피며 불편함이 없도록 몇 번씩 점검하였다. 꽤 많은 날을 보너스로 생각하며 좋은 추억이 될 수 있으리라 우리 부부는 기대에 부풀었다. 부모들은 늘 자식을 보고 싶어 하고 그때의 사정에 따라 최선을 다하려고 노력한다. TV 광고에 군대 간 아들에 대한 이야기 중에 "아들은 힘들 때 엄마 생각이 나고 엄마는 언제나 힘들 아들 생각뿐이다"는 내용을 보고 어쩔 수 없이 물이 아래로 흐르듯 내리사랑의 진리를 깨닫는다. 자연적인 자식 사랑의 본능이 없었다면 아마 인류는 오래전에 멸종의 위기를 맞았을 것이다.

아이들이 있는 동안은 모든 생활을 될 수 있으면 아이들이 편리하게 맞추려고 노력하였다. 아침 식사는 평소보다 빨라지고 저녁 식사는 사위가 퇴근해야 하니까 자연히 늦어졌다. 처음 며칠은 우리 생활의 리듬이 갑자기 흐트러져 불편함도 있었지만, 각오하고 불러들인 한시적인 일이라 즐겁게 맞춰 나갔다. 차츰 활기가 살아나고 집안이 꽉 찬 것 같이 든든하였다. 된장국 같은 토속적인 음식을 좋아하여 음식에도 별 어려움이 없었다. 할머니가 해주신 음식은 다 맛있다고 엄지손가락을 치켜세우는 손녀의 귀여움에 새로운 메뉴를 궁리하는 즐거움도 만만치 않았다.

가끔 딸네 부부의 일상을 엿보는 일도 흥미로웠다. 집 인테리어 하는 부분이나 물건을 구입할 때도 부부가 함께 컴퓨터를 검색했다. 여러 가지를 비교 분석하여 꼼꼼하게 처리하는 치밀함도 있었다. 기동력도 좋아서 내비게이션만 보고도 새로운 곳을 어디든지 찾아가 필요한 부분을 해소했다. 손녀의 교육에도 부부가 틈나는 대로 동참을 했다. 서로 시간을 조정하여 때로는 사위가 출근길에 손녀를 학교 앞까지 데려다 줄 때도 있다. 차 안에는 늘 손녀가 좋아하는 CD를 들려준다며 아빠와 함께 등교하기를 은근히 좋아하는 눈치였다. 딸이 어느 날 동창 친구들의 직장 관계로 저녁 모임에 나갔다. 사위는 퇴근하면서 학원에서 손녀를 데려와 과제물도 챙기며 딸이 마음 놓고 친구를 만나도록 배려했다. 나지막한 울타리처럼 정겨운 아빠, 가부장적이 아닌 돈독한 친구 같은 남편과 아내로 살아가는 신세대의 모습이 부럽기도 했다.

요즘 세대들은 잘 발달된 통신망을 최대로 이용하여 온 가족이 긴밀하게 결속되어 각자 맡은 일을 무리 없이 해나가고 있다. 정보화 시대를 만끽하는 그들은 평소에 각자가 좋아하는 음악을 찾아 틈나는 대로 듣고 좋아하는 악기도 한두 가지씩 다룬다. 식구가 단출하여 가고 싶은 곳을 찾아 휴가 때마다 가까이 또는 멀리 형편에 맞게 미련 없이 떠난다. 그야말로 쿨하게 살아가는 그들을 보면 젊은 날을 온통 회사 일과 자식들 교육과 집안일에만 매달려 살아온 기성세대는 격세지감隔世之感을 느낄 뿐이다.

밝은 가을 햇살같이 환하던 시간이 흘러 어느새 아이들이 자기들의 보금자리로 찾아 들어갔다. 딸이 매일 인테리어 감독을 하여 아파트 맨 꼭대기 층을 아담한 스카이라운지 같이 꾸며 놓았다. 그야말로 X세대의 대표적인 아이들이다. 이전 세대보다 상대적으로 풍요로운 성장기를 보냈기 때문에 기성세대가 보기에는 다소 소비적인 경향이 걱정될 수도 있다. 워낙 자기 일을 똑 부러지게 해내는 성격이라 부모라도 직접적인 조언은 조심스럽다. 같은 나라에 살면서도 자기들이 자라온 시대적 환경의 영향은 무시할 수 없다. 요 며칠 갑자기 텅 빈 껍데기 둘만 우두커니 남아있는 기분이다. 새바람을 일으키며 헌 바람을 잠재우던 요술 같은 마법의 힘이 다 빠져 버릴까 두렵기만 하다.

여름 전원 田園

천둥 번개를 동반한 비가 새벽부터 요란하고 세차게 내린다. 마른장마 탓에 강수량의 모자람이 해갈될 것 같아, 외출의 불편함보다 반가움이 앞선다. 그동안 감질나게 내리는 비로 보기에도 안쓰럽게 힘없이 쳐져 있던 식물들이 생기를 찾는다. 힘차게 소리치며 굽이굽이 흐르는 개울물도 신이 난 것 같다. 다리 난간에 늘어선 화분의 꽃들도 고개를 숙이고 흠뻑 목을 축이고 있다. 오랜 기다림 끝에 내리는 시원한 물줄기는 한층 짙어지는 신록의 여름으로 성큼 다가서고 있다.

장맛비가 그치고 연일 30도를 웃도는 따가운 햇살이 이어진다. 키가 훤칠한 여름 라일락이 수수 꽃 다리 같은 보랏빛 꽃송이들을 달고 연신 바람 따라 흔들거린다. 화단 주위의 올망졸망한 꽃들을 내려다보며 마치 오케스트라 지휘라도 하는듯한 몸짓이다. 빨갛고 하얀 봉숭아꽃 노란 달맞이꽃 주황색 나리꽃 여름 수국, 백일홍 꽃들도 리듬을 탄다. 어디서 날아왔는지 색색의 나비들과 벌들이 이 꽃 저 꽃을 옮겨 다니며 현란한 춤사위를 벌리고 있다. 여름의 한낮 축제가 한바탕 이어진다. 더위를 피해 오전에 밭일을 마치고, 친구와 차 한 잔을 마시며 바라보는 전원은 살아있는 한 폭의 그림이다.

울타리에 늠름하게 서 있는 대추나무가 눈에 들어온다. 잎이 유난히 연녹색으로 반짝이고 열매가 꽤 많이 달렸다. 올해는 얼마나 수확할 수 있을까?

문득 몇 해 전 광화문 교보문고 빌딩 앞을 지나다 우연히 보게 된 현수막의 문구가 떠오른다. "대추가 저절로 붉어질 리 없다. 저 안에 태풍 몇 개, 천둥 몇 개, 벼락 몇 개" 읽는 순간 짧은 구절이지만 그 깊은 뜻이 돌아오는 내내 많은 상념으로 스쳐 갔다. 대추의 꽃이 열매가 되고 붉게 익기까지 겪어야 할 수많은 고난을 암시한 것이다. 작은 대추가 익기까지도 저토록 힘든 과정을 잘 이겨내야만 결실이 된다. 하물며 인간이 살아가야 할 긴 시간들 속에 부딪치는 크고 작은 장애물들을 어떻게 잘 견뎌내야 완성된 길을 갈 수 있을지 생각하게 된다.

씨앗을 뿌리고 물을 주고 전원에서 일어나는 사계절을 들려다 본다. 의사 표시는 할 수 없는 식물들이지만 가까이 교감해보면, 저마다 타고난 본분을 알고 열심히 살아가는 모습은 신기하고도 놀라울 때가 많다. 나무와 꽃 여러 가지 식물들과 곤충들이 질서를 지키며 상부상조하는 모습을 통해 사람들이 어떻게 살아가야 하는지도 배운다. 지구 상에 살고 있는 60억 인구가 모두 생김새가 다르다. 꽃의 모양도 형태가 정확히 똑같은 종은 하나도 없다고 한다. 여러 가지 꽃들은 저마다 독특한 자기만의 향기를 가지고 있다. 사람들도 각자 개성이 뚜렷하여 그 사람만이 가질 수 있는 인품이 있다. 꽃은 홀로 피면 가벼운 바람에도 쉽게 쓰러진다. 군락을 이루어 무리 지어 피면 웬만한 태풍에도 끄떡하지 않는다. 사람들도 혼자 고독하게 사는 것보다 늘 이웃과 함께 어우러져 살면 훨씬 보람 있는 삶을 살 수 있다. 꽃과 식물들은 보면 볼수록 인간의 삶과 흡사한 점이 많다.

밭에는 오월부터 싱싱한 상추와 쑥갓의 시작으로 상큼한 입맛을 돋우고,

이웃들과 몇 차례 나눔을 즐기다 장마 전까지 수확이 끝났다. 지금은 오이를 비롯해, 가지, 호박, 부추, 깻잎, 고추 등의 수확이 농사짓는 즐거움을 더해 주고 있다. 인간은 자연이 제공하는 자원에 의존하지 않으면 단 한 순간도 살아갈 수가 없다. 과도한 욕심을 부리지 말고 자연을 가꾸고 아끼며 함께 할 수 있는 길을 끊임없이 모색해야 한다. 많은 식물들은 자신의 성장과 종족 번식을 위해 나름대로 피나는 경쟁을 한다. 결코 함부로 다루지 못할 엄숙한 생존의 가치를 가지고 있다. 날이 갈수록 자연을 거스르지 않고 자연의 일부로 자연스럽게 살아가야 된다는 삶의 이치를 깨닫고 있다. 흙과 물, 태양과 바람, 인간의 땀으로 하루하루 영글어가는 열기로 여름 전원은 오늘도 후끈 달아오른다.

황혜숙

물들지 못한 순간
타오르지 못한 기억들
낙엽을 줍듯
모아봅니다
깊어 가는 가을날에

시

해바라기

길에서

담쟁이

겨울 바다

가을 산에서

PROFILE

전북 부안 출생. 아동학 전공
1994년 『수필과 비평』 신인상 등단. 시계문학 회원
저서 : 『순간』 『꽃들의 수다』 공저

해바라기

잊혀진 것들은
저리 눈부시게 돌아오는가

햇살과 그늘
촘촘히 박혀

씨앗을 키우듯
그리움의 키를 키우며

저리 눈 시리게 돌아오는가
눈물 나게 돌아왔는가

길에서

높은 곳으로
아주 낮은 곳으로
수없이 지나온 많은 길들
그러나 걸어야 할 길 아직 많다는 듯
생각 없는 길들은 펼쳐져 있다

예정에 없던 길
작정하고 나선 길에도
출발점엔 언제나 미열 같은 설레임이 있듯
좀체로 풀릴 기미가 없는
삶의 복병들
가쁜 숨을 고르며
곳곳에 있었다

그래서일까
돌아다보는 모든 길들은
말을 아낀다
잎새들의 안부를 바람이 묻듯
간간이 시간의 안부를 물어올 뿐

그 시간 속 함께한 것들
시간의 흐름이 빚어낸 무늬들
아름다운지
세상 가장 나중 지닐 것을
지니고는 있는지

걸어온 길도
걸어야 할 길도
끝내
말을 잇지 않는다

담쟁이

지난날
여린 손 내밀어
푸르게 엮어가던 세상

머물지 않는 시간 속에
잠시 머물다
이제
물드는 일 하나로 남게 될 때
비로소
눈 떠오는 뜨거움이여

스스로 길이 되어 열어가는 길
허방이든 바닥이든
막막한 세월 속에
곱게 물들기까지
뿌리 내리기까지
그저 기다렸을 뿐

붙잡을 수 없는 시간조차
붉게 물들어버린

오늘
떠나는 일 하나로 남아
소리 없이 져가는 담쟁이,

비로소
눈 떠 오는
눈먼 사랑이여

겨울 바다

언제나 그렇듯이
기다려주지 않는 시간을 향해
지는 해를 향해
달려간 바다

붙잡을 수 없는 것이
시간만은 아니었던 듯
삶의 흔적조차 지우며
저만큼 물러앉아 출렁이는
바다
바다가 있었지

바다와 맞닿은 하늘 위로
겨울새 소리 없이 날아가고
세상을 물들이며 붉은 해
생의 마지막인 듯
바다로 잠기어 갈 때

어둠 속에서도
멈추지 않는 출렁임

건널 수 없는 바다를
끝내 건너게 하는
사랑은 아니었을지
운명은 아니었을지

가을 산에서

물드는 잎새를 따라 길을 나섰지
아직은 가야 할 길이 아니라는 듯
몇몇의 잎새들 초록 무장을 풀지 못해도
가을 산은 이미 물들어 있다

지녀온 빛들은 어디로 갔을까
빨강도 노랑도 갈색도 아닌
초록으로 일렁이던 그 숨결들은

한여름 땡볕을 견디게 하던
뇌성을 앞세우고 오는 폭풍우를 견디게 하던
그 흐느낌의 시간들은…

가을 산 잎새 하나하나
아무것도 아닌 듯
아무것도 아니라는 듯
시간 속에 고즈넉이 물들어 가는 걸 보면

기우는 산허리 어디쯤에
나, 슬쩍 내려놓고 싶다

곱게 물들이고 싶던 순간들을

물들지 못해 서성이다

깊게 묻어 버린

가슴속 잎새들을

정선이

산허리를
가을 색으로 물들이며
겨울을 준비하는 나무들.
그들을 배우며
한 줄의 나이테를
그리고 싶다.

수필

성탄절의 추억

제나, 람보

돌파구에서

PROFILE

전북 전주 출생. 시계문학회 회원
저서 : 공저 『꽃들의 수다』 외

성탄절의 추억

첫눈이 온다. 조금씩 뿌리더니 하늘과 땅, 온 세상을 가득 채우며 함박눈이 되어 내린다. 어디선가 달려온 바람이 심술을 부린다. 머무르고 싶어 하는 눈들을 날려 보낸다. 바람이 멈추기를 기다리던 눈은 잠잠해진 바람 사이로 내려와 가지 위로 수북하게 쌓인다. 한 장의 성탄절 카드 속의 그림이 된다. 행복했던 추억이 가슴을 두드린다.

어릴 적 고향집에서의 성탄절은 설, 추석 명절만큼 설렘으로 기다리는 날이었다. 첫눈이 내리는 무렵이면 두 오빠의 성탄절을 위한 준비가 시작되었다. 대청마루에 즐비하게 누워있는 대나무 조각들은 사포로 다듬어졌다. 잘라지고 이리저리 연결되어진 대나무를 창호지로 옷을 입혀 마무리를 하였다. 멋지고 커다란 십자가와 별 모양으로 바뀌었다. 구멍을 낸 그것들에 길게 연결한 전구들 넣어 불을 밝힌다. 십자가 모양은 돌담 너머 멀리서도 보이도록 지붕 제일 높은 곳에 묶어놓는다. 별은 여러 가지 모양의 색종이들과 솜을 얹고 있는 감나무의 제일 높은 곳에서 불을 밝힌다. 바람인 듯 대문의 종 울리는 소리가 들린다. 반가운 음성이 툇마루를 올라온다. 서울에서 대학교에 다니는 셋째 언니다.

성탄절 전야 교회 행사를 함께하고 밤이 늦어서야 귀가한 가족들의 발걸음들이 바빠진다. 부엌의 커다란 솥에서는 생강차가 끓고 있다. 몇 일 전에 만들어 장독대 항아리에 꽁꽁 얼려놓은 찹쌀떡을 쟁반 가득하게 꺼내 놓는다. 대청마루의 시계가 새벽을 울린다. 기다렸다는 듯 눈이 춤을 추며 내려온다. 장독대의 항아리들 위에, 크리스마스트리 위에도 살포시 낳는다. 골목 어귀에서 들리던 성가대의 성탄송이 어느 사이 우리 집 마당을 가득 채우며 들어선다. 버얼겋게 달아오른 모닥불 위의 찹쌀떡이 수포를 만들고 있다. 누가 먼저 시작했는지 "메리 크리스마스"를 외쳤다. 모두에게 행복의 소리가 전염되어 두드린다.

김이 모락모락 올라오는 석쇠 위의 떡과 차를 나누며 보냈던 즐거운 성탄절이 몇 번인가 지나갔다. 스산한 바람이 부는 어느 날이었다. 집에 돌아와 보니 감나무가 내다보이는 방에 있던 피아노와 유성기가 보이지를 않는다. 나뭇잎들을 떨어뜨린 바람을 닮은 냉랭한 기운이 온 집안에 흐르고 있었다. 모두가 굳은 표정을 하고 짐들을 정리하고 있다. 마당은 거의 없고 툇마루가 아주 작은 집으로 이사를 하게 되었다. 크리스마스 장식을 하고 성탄절을 함께 했던 감나무와 헤어졌다. 오빠들이 정성스럽게 만든 커다란 십자가와 별 모양의 등을 다시는 볼 수가 없었다. 모든 것이 변했지만 어느 누구도 말이 없었다. 예전의 즐거웠던 일도 아픔을 일으킨 바람도 없었던 것처럼 지냈다.

어린 시절 행복한 성탄절을 함께 보낸 작은 오빠가 형제들을 남겨두고 제일 먼저 우리 곁을 떠나 하늘나라로 갔다. 즐거웠던 이야기들을 조금 더 나누지 않았음이 안타까움으로 남는다. 가슴이 두들겨 맞은 듯 아프다. 소나기처럼 흘러내리는 눈물을 멈출 수가 없다. 참았던 그리움이 토할 듯이 저절로 터져나오는 큰 울음소리와 함께 밀려 나온다. '성탄절 석쇠 위의 찹쌀떡

을 나누던 일이 그립다'는 둘째 언니의 병상에서 웅얼거린 말이 허공을 맴
돌아 다시 들려오는 듯하다. 옛날얘기를 나누며 위로가 되어 주었던 언니도
우리 곁을 떠났다. 다시는 돌아갈 수 없는 추억 속의 색동옷 같은 날들이다.
바람에 흔들리며 내리는 첫눈과 함께 내려와 가슴이 쌓이며 자리 잡는다.

제나, 람보

제나가 또 수술을 하게 되었다. 방광에 있는 돌 제거 수술을 하고 3주가 지났는데도 소변색이 심상치 않다. 며칠을 지켜보다가 여러 가지 상상을 하며 동물병원을 찾았다. 사진을 찍어보더니 지난번 수술과는 관계가 없단다. 자궁축농증이란다. 새끼를 낳아보지 못한 암컷들이 폐경이 되면서 생기는 병이다. 진작 중성화 수술을 시킨다는 것이 선뜻 허락되지 않아 머뭇거린 탓이다. 배려하지 못했던 상황에 안쓰러운 마음이 교차된다. 자궁이 염증으로 부풀어 풍선 모양이 하고 있다. '빨리 수술해야 하며 수술하면서 죽을 수 있다.' 한다. 수의사의 엄포에 불안한 마음을 떨치지 못하며 병원 문을 나섰다.

13년 전이다. 아파트 단지에서 잘 아는 아주머니 품에 안겨있는 한 달이 겨우 지난 슈나우저를 만났다. 입양을 거절당하고 가는 길이었다. 키울 생각이 없느냐는 말에 잠시 망설임이 지나갔다. 10년을 같이 지내던 람보가 급성 패혈증으로 죽은 지 되지 얼마 되지 않았다. 많은 것을 주고 떠난 하얀색의 푸들 수컷이었다. 아주 작은 강아지도 무서워하던 나에게 두려움을 없게 하여준 귀여운 친구였다. 구역 예배를 볼 때면 얌전하게 앉아 기다릴 줄도 알았다. 어떠한 치료도 받을 경황없이 떠나보낸 상심한 마음이 자국이 남겼다. 보살피고 싶다는 생각보다 슬픈 마음을 지워버리고 싶은 비중이 더 컸다. 감정에 치우쳐 배려하지 못한 결정이었다.

제나와 한 지붕 아래 살게 되었다. 미국에 있는 큰아들과 얘기를 나누며 '제나'라 부르기를 하였다. 전설 속의 여전사 이름이다. 이름에 걸맞게 근육 질의 몸매를 가지면서 자랐다. 힘과 에너지가 넘치고 건강하였다. 사람을 잘 따르고 제법 영리하였다. 의사소통도 잘되어서 배변 훈련도 쉽게 되었는데 산책할 때가 문제였다. 커다란 목소리로 사납게 짖어대며 동행하는 사람을 난처하게 만들었다. 이웃을 만날 때면 민망하여 "미안합니다. 자기가 겁이 나 서 그런 거예요." 하며 인사하기에 바빴다. 실제로 자기 보호 본능이었다. 생 후 2개월 동안은 어미의 사랑 속에서 교육을 받는 과정이다. 너무 일찍 어미 곁을 떠난 것이 원인이었다. 외출을 하면 어찌할 줄 몰라 두려움에 짖는 것 이었다.

『대통령의 어머니들(도리스 페이버 저)』에서 읽었던 한 부분이 가슴 언저 리를 울린다. 개나 말을 가지고 싶어 하는 자녀들에게 그들이 보살핌을 받 아야 될 동물임을 충분하게 설명을 한다. 동물을 키울 수 있는 나이가 되어 허락할 때에는 혼자 힘으로 끝까지 양육하도록 약속을 받았다. 동물의 사 료 값을 스스로 마련하도록 하였다. 배려와 책임에 대한 교육이었다. 동물의 세계에서도 세상을 어떻게 살아야 하는지 나름 그들만의 훈련 기간이 있다. 잘 알지도 못하고 알려고 노력하지도 않고 너무 일찍 분양하고 입양의 결과 가 사람과 개 모두를 힘들게 하였다. 짖는 버릇을 고친다고 훈련소에 보내기 도 하였다. 어미의 사랑 속에서 이루어지는 그들만의 교육을 대신 할 수가 없었다. 그렇게 지나며 나이 들어 병이 생긴 것이다.

수술이 끝난 후 다시 걸을 수 있을지 염려스럽다는 수의사의 전화가 왔다. 며칠을 더 병원에 머물고는 퇴원을 하였다. 눈과 귀는 한없이 늘어지고 기운 없는 표정이었다. 두 번의 수술을 견디며 이겨내고 일어선 것만으로 대견스럽고 고마웠다. 한 달이 지나고 있다. 복대를 하고 짖지도 않으며 걷는 것도 힘에 겨워 산책하던 모습은 사진 속에 남아 있을 뿐이었다. 언제 그랬느냐는 듯이 날아가는 까치를 잡겠다고 힘을 다하여 쫓아가며 활기찬 모습으로 돌아왔다. 자기 키보다 높은 곳을 뛰어넘기도 한다. 외출할 때면 동행하는 사람을 여전히 난처하게 만들기도 한다. 기도를 준비하며 찬송가를 부르면 슬그머니 자리를 비켜주는 의젓한 친구가 된 제나다. 건강하게 더 많은 시간을 같이 지낼 수 있기를 바라고 있을 뿐이다.

돌파구에서

'대책 없는 백수, 독서로 돌파구…'. 공기업 경영 밑거름 돼'라는 신문의 활자가 눈길을 끈다. 혼자서 감당해야만 하는 실직이라는 시점에 서 있는 필자는 예전과는 책과의 다른 만남으로 돌파구를 찾은 것이다. 장르를 가리지 않고 다독하였다. 세상의 흐름을 놓치지 않도록 경영하는데 밑거름이 되었음을 얘기하고 있다. 결혼과 상급학교 진학을 위하여 언니, 오빠들이 집을 떠나고 부모님 곁에 혼자만 남게 된 초등학교 시절이었다. 쓸쓸함의 하굣길 낯이 익은 책방을 찾기 시작하였다. 오빠들과 함께 들러본 적이 있는 그곳은 커다란 숲과 같았다. 놀라운 세계를 보여주며 다양한 모습을 한 많은 책들이 기다리고 있었다. 책과의 만남이 둥지에 혼자 남겨진 작은 새를 닮은 외로움의 돌파구가 되었다.

책가방을 어깨에서 내려놓지도 않은 채 한 권의 책을 다 읽은 후에야 책방을 나서는 것이 일상이 되었다. 만화, 종교 서적, 시, 소설 구별하지 않고 다독을 하였다. 책들은 나무, 꽃, 동산을 닮은 다양한 모습의 친구로 다가왔다. 형제들 어깨너머로 볼 수 없었던 것을 만나게 하여 주었다. 성숙한 미래로 나아가도록 안내자로 되어 길을 인도하여 주었다. 신앙인이 성화되어 가는 과정을 마음 졸이며 읽어 내려갔다. 사랑하는 자녀가 제자리로 돌아오기를 포기하지 않고 기도하며 기다리는 어머니를 만나기도 하였다. 선과 악의 갈

등을 겪을 수밖에 없는 삶의 길에서 악의 유혹을 물리치는 승자의 모습을 보았다. 소중하고 귀한 얘기들은 차곡차곡 쌓여가며 삶의 가치를 일깨워주고 풍요롭게 하여 주었다. 자양분처럼 쌓여진 터 위에 열매 맺는 나무를 심듯이 글을 쓰고 싶은 마음이 조용한 파도처럼 밀려왔다.

　적지 않은 나이가 되어서야 문화센터 수필반의 문을 두드리게 되었다. 합류한 지 어느 사이 일 년이 지났다. 생각만이 머리를 가득하게 맴돌 뿐 정리가 되지를 않는다. 아직도 제자리를 찾지 못하고 있는 오월의 첫날이다. 수필의 행사가 열리는 날이다. 생사에 참여할 자격이 되는가 하는 머뭇거림이 스쳐 지나간다. 어느 쪽인지 결정을 내리지 못한 채 집안일을 마무리하고 집을 나섰다. 꽃들이 만개한 얼굴을 내밀며 반긴다. 이상기온 탓인지 순서도 없이 한꺼번에 다투며 아름다움을 뽐내고 있다. 어우러진 봄의 색들에 눈이 부시다. 머뭇거리던 일은 덧칠하듯 지워지며 나들이 가는 여인네의 발걸음이 된다. 오월의 푸른 잎처럼 싱그러운 표정들의 문우들을 약속 장소에서 만나 행사장으로 향하였다.

　서둘러 도착한 행사장에는 먼저 온 문우들이 준비를 위하여 분주하게 움직이고 있다. 회장님인 G교수의 개회 인사를 시작으로 행사가 진행되었다. 축하를 위한 작은 음악회를 비롯하여 회원들의 수필 낭송 대회 등 다양한 프로그램이 준비되어 있었다. 열심히 준비한 회원들의 시와 수필 낭송이 시작되었다. 내면에 가지고 있는 이야기들을 알리고 싶어 하는 진지한 음성과 열정적인 표정들이다. 감탄과 박수를 보낸다. 글쓰기를 제대로 시작하지 못하여 작아진 마음이 바빠진다. 행사를 축하하며 격려하기 위하여 참석한 내

빈들을 소개하는 시간이다. 신지식이라는 이름을 불리울 때 놀라움과 반가움에 가슴이 뛰기 시작하였다. 감이 익을 무렵과 하얀 길을 읽으며 숲 속을 거닐던 소녀가 시간을 뛰어넘고 있다. 선생님과 같은 공간에서 미래 수필문학에 대한 세미나를 듣고 있는 것이다.

계획된 하루일정이 끝남을 알리자 서둘러 입구 쪽으로 향하였다. G교수의 배웅을 받으며 대화를 나누고 있는 선생님이 보였다. 정감이 흐르고 있는 모습이다. 숲을 거닐다가 만나게 된 서정적인 선생님의 글은 꽃 잔디가 널브러져 있는 작은 동산이었다. '선생님' 하며 소리를 내어 불러보지만 입속에서 맴돌 뿐이다. 돌파구에서 만난 다양한 얼굴의 책들을 더 깊게 만날 수 있도록 쉼을 주었던 동산에서 꿈을 꾸던 소녀는 시간을 뛰어넘지 못하고 있다. 마음으로만 감사의 인사를 보낼 뿐이다. 석양빛에 길게 늘어진 그림자가 멀어져 가고 있다. 떠나는 모습을 지켜보며 자그마한 나무를 소중하게 심듯 글을 쓰겠노라고 다짐을 한다.

최레지나

지구 상의 존재는 사랑을 주고받는 것
이제 노랑나비로 태어나 시의 세계에
꽃의 향기를 전하고 싶어서.

시

푸른 가을 하늘

솔향기

침묵

무지개

연둣빛 5월

PROFILE

충남 서산 출생. 시계문학회 회원

푸른 가을 하늘

가을 오면
가슴 뭉클해지고
허전해지는 마음
목적 없이 걸어본다

하늘
왜 이리 높고 맑아
밝은 하늘을 향해 걷고

따가운 햇살 열기는
나를 익어가게 하네

문득 네가 보고 싶은
가슴 웅어리

푸른 하늘에
씨앗 묻어
뿌리 내리고 꽃 피워

드높은 하늘에
그려본다

솔향기

곧은 선을 타고 부드럽게 휘어져 내린 소나무의 모습을 바라본다.
춤추는 아름다운 여인의 어깨와 손끝 같은 모습

갈잎은 비를 소리 내며 맞으면
너는 빗물을 조용히 가르고
곁나무 가지를 피해 고통을 안고 몸을 틀어 곡선을 만들고

추운 겨울 맞으며 녹색의 빛을 지키는 솔잎
새순이 돋는 날 조용히 내려앉은 정숙한 여인

한 마디를 키운 축제날
노란 분가루에 솔 향기 담아
창 넘어 나의 방에 뿌리면
봄 향기에 취해버린다.

침묵

찬바람이 코끝을 스치고
그 곱던 단풍잎
마지막 단장으로
뿌리에 내려 침묵으로
덮어 있네.

가을 끝자락
더욱 가슴 깊숙이 들어와
맑은 하늘을 쳐다보니

한 해를 떠나보내야 하는
가슴앓이
앙상한 가지

풍성했던 잎
너를 높이 쳐다보고
한여름 밤 꿈을 꾸었지

이제는 조용한 침묵으로
무엇을 말해주니

무지개

번갯불로 떨어내고
천둥비로 씻어내더니

맑고 투명한 하늘에
일곱 색깔 무지개

무지개다리 넘으면
어느 임이 기다릴까?

색동저고리 입은 새 각시
못다 한 사랑일까?

할아버지는 무지개다리 놓고
미끄럼틀 만들어 할머니 편히 오라고 기다릴까?

- 무지개 뜨는 날 여우가 시집가는 날 -
어린 시절 여우를 하늘에서 보았네.

연둣빛 5월

연둣빛으로 물드는 잎새
가슴이 풍성해지고

높고 맑은 하늘 햇살
막 피어나는 잎새 머무르면

바람에 휘날리는 부드러운
여인의 머릿결 같아

새 각시 금박 물들인
연둣빛 저고리 입던 생각

막 부드럽게 솟아 나오는 신록의 잎새와도 같지

깨끗하고 아직 벌레 먹지 않은 잎새
사랑의 눈길을 주지 않을 수 있나

김은자

시와 함께
여행하자고 약속했었다.
그러나
삶의 어깨를 다독이느라
약속 지키지 못했다.
다시 짐 꾸려
가슴 떨리는 시와 손잡고
뚜벅 뚜벅
여행하련다.

시

병환

복숭아로 살아보기

두 길

5월

소중이

P R O F I L E

충남 연기 출생. 계간『크리스찬 문학』신인상 시 부문 당선
월간아동문학 신인상 동시 부문 당선. 시계문학회 회원
저서 : 동시집『꿈 봉투』

병환

고고했던 집 한 채가 무너져 내린다.
탕
탕
탕
문틀이 뜯기고,
벽지가 찢어지고
기둥이 잘려나간다.
끈적끈적한 흔적들과 함께

지울 수 없는데 지난 이야기들은
비틀거리는 한 줌의 먼지로 다가와
벽을 훑는다.

멍하니 바라보는
주인의 사연 따위는 아랑곳하지 않고
수도꼭지가 빠지고
전등이 떨어진다.

복숭아로 살아보기

선홍빛 달콤함이
오롯이 담겨 산을 이룬다.
한 입 베어 물면
입안 가득 혀를 자극하는 유년

섣불리 베어 물다가는
몸서리친다.
밖으로는 미소 지을 향연과
부드러운 겸손이 있지만
그 누구도 침범할 수 없는
싸리나무 울타리가 있다.

부드러움과 단단함이
손을 잡는다.
주변을 두리번거리지 않는
자존의 영역

상처를 뒷짐 지게 하고
삼킬 수 없는

씨의 가치를 보듬으며
하루의 주인이 된다.

두 길

칼바람 부는 정월
98세 시어머니
환갑 며느리 병문안 간다.

허리 디스크 수술이라는 말에
동그란 눈으로
내가 가 봐야 한다며
더듬더듬 지팡이 찾으신다.

헝클어진 침대에서
무릎으로 일어난 투명한 만남
둘 사이에서
사십 년의 전등이 흔들거린다.

키 낮은 정적 속에서
호미 자국 생생한
두 손 꼭 잡는 순간
눈에 초점을 잃고
고단한 이마를 마주한 길

굽은 두 허리에서

쿨룩 쿨룩 쿨룩

구멍 난 기침 소리 이어진다.

5월

짙어가는
초록 잎들이
질서를 지키며 흔들린다.
한 치의 오차도 없이
마음이 뜨거운 그림자에게
말을 건넸다가
외롭게 피어오른
이끼 어깨를 만져 준다.
잠자는 아기 곁을 지키며
기도하는 모습처럼
산에서 내려온 5월은
넘치는 제 몫을 다하여
크고 넓어져
엄마 품이 되어간다.

소중이

햇살처럼 불렀다.
귀가 반짝거린다.
쓰다듬었다.
꿈틀댄다.
환호했다.

방 안 가득
꽃잎이
팽팽하다.

이개성

가을
사색의 계절
그리움에 잠기는 계절
그리움의 시를 한없이 쓰고 싶다.

시

첫눈

일몰

추억이 담긴 벤치

그리워

탕수육

PROFILE

충북 괴산 출생. 서울대학교 약학대학 3년 수료. 경희대학교 경영학과 졸업
시계문학회 회원

첫눈

펑펑 내린다
불과 몇 일 전만 하여도 그대와 나는
창문을 열고 아! 첫눈이다!
즐거워했겠지요

그대는 지금 차가운 땅속에서
눈을 맞고 있겠지요
차갑지 않습니까

나의 고운 명주 치맛자락으로
덮어 드리고 못다 한 말 이야기하며
이 밤을 지새우고 싶습니다

생사일여요 업에 따라
옷만 갈아입고 다음 생을
맞이한다 하였습니다
여보! 부디 좋은 옷 갈아입고
아미타부처님 품 안에서 왕생극락하십시오

일몰

시시각각으로 황홀하게
변하는 붉은 노을

제 갈 길을 찾아가듯
서서히 가라앉는 둥근 해
훼방이라도 치듯 먹구름 오색구름
번갈아 가렸다 놓았다 한다

어느 찰라 둥근 해는 서산 너머로
툭 떨어지고 허망하여 발돋움하고
천리안 되어 그해 보려고 애를 태웠다
끝내 보이지 않았다

인생도 이와 같은 것
나의 사랑하는 그 사람도
한번 가니 다시 볼 수가 없다

추억이 담긴 벤치

아무리 더워도 시원한 바람
지즐대는 새소리
그대와 나에게 평온과 행복 안겨준
추억이 담긴 벤치

너와 내가 찾아 헤매이다 선탠한
유일한 당신 늘 당신의 무릎에 안기어
이야기꽃을 피웠지

먼 훗날 기억을 더듬어
찾아가거든 우리들의 사랑 이야기
들려주렴

뭇사람에게 평온과 사랑을 베푼
바로 당신 자비의 화신이다

그리워

소리쳐 불러도
그대 메아리치지 않네
찾아 헤매이고 헤매여도
그대 모습 보이지 않네

먼 훗날 나 그대 찾아
달려가거든 두 팔 활짝 펴서
나 반기며 안아주겠지요

그리웠노라고 보고 싶은 그대!

탕수육

딸 셋과 먹은 탕수육
정말 맛있네

내 머릿속 온통 아들 생각뿐
빨리 일요일 되어
먹여주고 싶네

손꼽아 기다렸던 일요일
아들 형제 탕수육 먹고
엄마! 참 맛있어요
흐뭇한 내 마음

正 隼

심웅석

詩作에 입문 하면서,
대중 앞에 벌거벗는 느낌이

시

시작

사랑 한 근

생의 끝자락에 서면

당신은 누구십니까

반추

PROFILE

충남 공주 출생. 서울의대 졸업 정형외과 전문의. 시계문학회 회원

시작

벗는다.
겉옷부터 속옷까지 모두 벗고
알이 된다.

裸身이 되어 6년
허물을 네 번 벗고
7년 되는 날
시인은 이제 매미가 되어 울어댄다.

듣는 이를 슬프게,
            기쁘게,
때로는 평화롭게

겨우 2주,
울고 난 매미는 꿈이 된다.
아련히 메아리를 남긴 채

그뿐이다.

사랑 한 근

미스터 한이 묻는다. 저 여자를 사랑 하냐고
또 묻는다.
카운터 너머 저 여자와 사랑하는 사이냐고.

그의 얼굴이 심각하다.

내가 묻는다.
사랑이 한 근에 얼마냐고.
동대문이 싸냐, 남대문이 싸냐고.

그의 얼굴이 풀어진다.
맥주 한잔을 권한다.
웃는다. 껄껄.

생生의 끝자락에 서면

이 생生의 끝자락에 서면
세상 모든 것이 아름답게 보인다.
살아있는 모든 것이 축복으로 다가온다.

지금까지 살아냈던 세월들의 잔해가
바람에 흘러가는 저 구름처럼 부서진다.

아무렇지도 않게 건네는 인사말들이
삶의 의미인 양 가슴에 박힌다.

이 싱그러운 가을 냄새를 한 해 더
감상할 수 있을지 궁금해진다.
그리고,
내 생명의 숨소리를, 천사의 손길로
거두어 주시기 바람이다.

당신은 누구십니까

늦은 밤 술 취한 날에
카페로 데리러 오라 하면
바람처럼 달려와
웃는 얼굴로 태우고 가던
당신은 누구십니까.

한겨울 차가운 발을
그 몸에 녹일 때면
시원해서 좋다 하던

내 성급한 큰 소리에
소리 없이 눈물지으며
고개를 떨구던

반찬을 간소하게
편하게 살자는 내 제안에
차마 소홀한 것 같아 못 하겠다던

이제 와 생각할 때

내 가슴을 먹먹하게 만들어 버리는

당신은 정녕 누구신가요.

반추

턱을 받치고 빙긋이
굽어 앉은 반백의 사나이여

무슨 생각에 그리 흡족 순진한
웃음을 띠고 있나

사랑의 추억인가
아름다운 우정인가

인생의 황혼 길에 접어들면서
흐뭇한 생각거리가 있는 듯
보는 이 가슴도 넉넉해지고

사당행 지하철 한 칸이 환해진다.

윤정희

어느 때부터인지 무얼 봐도
내 가슴을 떨게 하던 설레임이
사라진지 오래.
감성과 정서가 메말라 간다고 생각한 난,
글을 쓰면서 사춘기 소녀처럼
설레게 된다.

수필

언니 형부 하나 만들어줘

소망이와 사랑이

내 마음의 풍경 무자위

시

부치지 못한 편지

그리운 할머니

그대 있음에

언니 형부 하나 만들어줘

언니! 빨리 시집가서 형부 하나 만들어주라! 형부 있는 애들이 형부 얘기들 하면 얼마나 부러운지, 나도 형부 하나 있으면 정말 좋겠어! 그러니 언니 빨리 시집가서 형부 하나 만들어 달라고, 내 동생 정옥이는 마음의 준비도 안 된 나에게 형부 얘기만 듣고 오면 형부를 얻기 위해 채근을 해댔다. 우리가 만들고 싶다고 생각하면 시장 좌판 위에 물건처럼 구해지는 물건도 아니고, 뭐 나와라 뚝딱! 주문을 외운다고 성에 차는 인물이 나 여기 있소! 하고 튀어나올리도 없는 형부감! 그럴 때마다 나의 답은 수줍잖은 말로 순간을 밀쳐냈다.

아무리 생각을 해봐도 신랑감을 찾기 위해 결혼 시장에 내놓을 상품처럼 나는 나이도 나이려니와 인물이 좋거나 무슨 재주가 좋거나 생활 능력이 있는 것도 아닌 정말 내놓을 것 없는 그런 가시네였다. 우리 정옥이 입장에서는 더없이 좋은 언니라고 생각했겠지만, 울 아빠 말 잘 듣고 착해서 당신 뜻에 따라 순종하고, 당신 성향에 맞게 잘 참아주는 딸이기에, 둘째 딸 셋째 딸, 하나 만들어도 우리 큰딸만 하려면 어림없다 친척들 모이면 한자랑 하셨지만, 아버지는 당신이 복이 적어 내가 딸이 되었다고! 당신이 복이 있었으면 내가 아들 됐을 거라고 못내 아쉬워하셨다. 우리 고모, 작은 아빠, 할머니 생신 때 오셨다가 떠나실 때 내가 있으니 할머니 걱정 안 하고 너 믿고 간다고 하셨다.

무엇이 그렇게 나를 보이게 했는지 다는 떠오르지 않지만 일명 싸가지 있는 애라고 큰살림할 사람이라며 친척분들의 사랑과 마을 어른들의 신뢰를 받는 현대판 심청이라는 결혼 전에 내게 이름 붙여진 '트레이드 마크' 일명 한 싸가지가 되는 가시네였나 보다. 인물, 학벌, 경제적 능력, 자립해 사회인으로 살아가야 하는 자질을 제대로 갖춘 거 없는 내가 결혼 상품으로는 싸가지를 내놔야했을까! 그런데 이상하게 중매 서겠다고 선보라는 데가 늘어갔다.

난 결혼 상대를 차남이나 외아들도 아니라고, 집안 벌직하고 형제 많은 집 장남이라야 된다고 했다. 형제 많은 집 큰며느리로 가서 다 거느리고 베풀며 우애하고 살 거라고 일관되게 주장했다. 그래서 한 싸가지가 상종가를 쳐서 혼처 소개가 늘어났었나 싶었다. 그런 혼처 힘들다고 다들 싫다 하는데, 요즘 처녀는 아니라고들 할 때. 장남 싫다 하는 사람들은 장남 안 낳고 차남 낳는 비결들 있나 보다고 반문을 했다.

중매를 하겠다는 말이 있을 때마다 우리 오빠, '누가 그 딴말 하냐며, 쌍심지를 켜고 누구냐고?' 엄마에게 들이댔던 오빠가 우리 병영 씨 선보고 더 좋아라했다. 장남 자리 힘들어서 싫다는 우리 둘째 여동생은 나를 보고 멍청한가 보다고 놀려댔고, 우리 정옥이는 형부가 생긴다고 친구들 앞에서 자랑할 거라며 입이 귀에 걸렸다. 우리 할머니는 서울에서 온 작은 아빠에게, "야, 애비야 우리 정희는 저렇게 장남한테만 시집을 간다고 헌다!"

듣고 있던 작은 아빠, "지 마음은 참! 예쁘지만 장남 자리가 얼마나 고단

한 자리인지 모르고!" 신음하듯 긴 한숨을 토해 내셨다. 구 남매의 맏이인 우리 병영 씨와 혼인하게 됐다고 하니, 너는 말이 씨가 되었다고 측은해하던 그 얼굴이 잊혀지지 않는다.

그 싸가지가 병영 씨와 결혼하니, 내 동생 정옥이 형부 생겼다고 얼마나 좋아하는지 모른다. 토요일만 되면 하교는 전주에서 익산으로 직행! 단칸방에 신혼인 우리집에서 잠을 자고 갔다. 그만 좀 해라 걱정을 하는 아버지가 서운하다고 정옥이는 투덜댔다. 단칸방에 사는 거 그 시대는 그랬다. 지금처럼 남자가 집을 마련하면, 여자는 그 집에 필요한 물건을 혼수로 다 채워야 되는 결혼 문화도 아니고, 단칸방에 임만 있으면 결혼 생활을 했던 70년대 보편적인 결혼 문화였다.

처제가 왔다고 외식을 했던 것도 아니고, 어디 나들이를 가는 것도, 영화 구경 한 번 한 일도 없건만 그렇게 좋아라 하며 학교에 가야 하니, 일요일 오후엔 우리 정옥이는 집으로 돌아가곤 했었다. 아이가 태어나니, 세상에 혼자 조카 본 이모처럼 먹이는 것도 다 간섭을 하고, 친정집에 양을 길러 우유를 짜서 먹었는데, 그 우유를 주말마다 공수를 해왔다. 지금은 어느 집 주방이든 모던함을 뽐내는 가전제품들이 즐비하지만 70년대만 해도 주방에 필수제품인 냉장고도 일반화되지 않았을 때 아이스박스에 넣고 우유를 먹였다.

아이가 건강하고 잘 먹어 젖으로만은, 아이의 배를 채우기가 부족할 때 우유가 떨어지면 난 목을 늘이고 정옥이를 기다렸다. 농사지어 무엇이든 아쉬움 없이 먹고 산 습성이 몸에 밴 나는 사서 먹는 도회지 생활이 익숙하지 않아 왜 그리 흐뭇하지 않던지 마음이 빈 밥상처럼 허할 때마다 정옥이가 끙끙대며 들고 오는 만물 보따리가 그렇게 반가울 수가 없었다.

아이가 태어나고 밤이면 왜 그리도 잠이 오는지, 아이에게 젖을 물린 채로 졸면 정옥이는 조카를 가슴에 안고 자장가를 불렀고, 염치없는 잠은 애미라는 사실도 잊게 했다. 얼마나 지났을까 눈을 뜨고 보니 정옥이는 조카를 안은 채로 앉아서 자고 있었다.

기저귀에 변 묻은 게 지워지지 않는다며, 얼마나 손에다 대고 문질러 빨았는지, 손가락이 아프다고 해서, 손을 보니 다섯 손가락이 검지 중지의 표피가 벗겨지고 나머지 손가락도 벗겨지기 직전이었다. 얼마나 마음이 짠하던지 가슴에 뜨거운 것이 차올랐다.

아버지의 조혼 예찬론에 우리 집 형제자매들은 여느 집 애들보다 결혼들이 빨랐다. 난 정옥이가 결혼하여 제부의 직장이 있는 울산으로 떠났을 때 과거 급제한 선비 어사화를 꽂은 모습으로 떠나갔지만, 난 젖먹이 어린것을 이국땅에 입양보내는 애미처럼 쓰리고 아린 심정이었다. 우리 정옥이 결혼 전에 지 형부가 최고의 형부였고, 우리 아들 같은 예쁜 조카는 세상에 없는 조카라 여겼다.

그런 정옥이가 오래전에 장모님 되고, 난 흰머리가 반백에 환갑이 지났다. 우리 아들이 불혹의 나이가 되었고, 저 닮은 예쁜 딸을 낳아 딸 바보가 되었다. 우리가 사랑이 깊다 보니 바보로 살았던 지난날 순진한 바보들의 사랑이 충만했던 그 시절을 그리워하는 내게 가시고기 같은 사랑을 다 준 동생이 "우리 늙으면 언니 나랑 함께 살자!" 하던 그 말이, 그렇게 다정하게 느껴져 옴은 서로가 운명이라는 짐을 지고, 길을 찾아 떠났다가 먼 길을 되돌아 오고 있는 느낌이 들었다.

서정주 님의 「국화 옆에서」 시를 암송해 보았다.

'머언 젊은 날에 뒤안길에서 이제는 돌아와 거울 앞에선 내 누님 같은 꽃 이여!'

시의 일부가 나를 바라보게 한다. 무서리 된서리에 시린 하늘 이겨내던 그 청초함이여! 우리 자매들 같은 꽃이여!

소망이와 사랑이

외손자인 우리 성민이 성화로 햄스터 한 쌍을 입주를 했다. 이름이 사랑이 소망이다. 잘 돌보겠다는 약속은 날짜가 가니 관심이 시들해지며 내 일거리만 벌여놓았다.

야행성인 녀석들 어두운 곳을 좋아하고 꼭 굴을 파고 사는데, 관심을 끌고 싶었는지 사랑이 소망이 함께 그림 같은 스위트홈 빌라를 탈출을 했다. 34평 이 집이 이 녀석들에게는 엄청난 공간이었는지 꼭꼭 숨어 나오질 않았다. 배가 고프면 나오겠지 하며 기다리는데, 거실에 자고 있던 사위는 "어머니, 제가 햄스터를 찾았어요." 거실 가운데 방석을 가르쳤다. 반가워서 방석을 들춰보니 아무것도 없다. 아무것도 없는데 소망이랑 어데 있어? "어 거기 덮어놨는데요!"

'야들이 예라, 나 잡아 봐라 했고만!'

오후에 싱크대 공간에 숨어 있던 이 녀석들, 긴장하고 스트레스받으면 변을 많이 본다는데, 놀란 듯 움츠린 사랑이 소망이는 변을 검은깨 흘려 놓은 듯 싸 놓았다. 빌라에 넣어주니 얌전히 잘 있더니, 어느 날, 또다시 2차 탈출을 했다. 에어컨 배선을 빼는 공간에 긴 자를 넣어 흔들어대니 배관 속에서 찍, 찍…, 감감하게 들려왔다. '니들 거기 있었어? 됐다. 소망아, 사랑아! 너희 그곳에 있는 걸 알았으니 배고프면 나오겠지?' 삼 일째 되던 날, 사랑이가 먼

저 나와서 배가 고픈지 달아나려 하지 않는다. 빌라에 넣어주고 밥을 주었다.

오후엔 소망이가 또 기어 나와 주위를 살피며 달아나질 않는 것이 매우 배가 고팠나 보다. '소망아, 배고프지?' 빌라에 넣어주니 소망이가 사랑이를 물고댔다. 배에 상처가 났는데 비열한 소망이, 사랑이 상처 난 곳만 물고 흔들고댔다. 사랑이는 찍찍거리며 필사적으로 도주를 하지만, 상처가 너무 심해 사랑이를 윗주머니에 넣고서 동물병원으로 갔다. 의사 선생님, 이리저리 살펴보시고 주사를 맞힌 후 연고를 발라주며 이상이 없는 것 같다며 격려해서 잘 살펴보라며 주는 연고 값을 물었다. "14,000원입니다." '뭐야! 왜, 이리 비싼 건데…!' 난 사랑이와 소망이를 격리시켰다.

며칠을 지켜보다가 소망이를 사랑이 곁에 넣어 주었다. 소망이는 득달같이 달려들어 사랑이 상처 난 배를 물고 흔들어댔다. "또, 소망아, 뭐하는 짓이야. 탈출을 같이하고 3일을 소리 없이 잘 지내더만 무슨 짓이래…!" 아마도, 소망이가 사랑이 보고 나가지 말고 숨어있자 한 말을 어기고 먼저 나와 화가 났는지 배를 물고 흔들어 대기만 했다. 사랑이를 떼어 놓으려 해도 물고서 놓지를 않는 집요함에 소름이 돋았다. '비열한 놈, 혼나 봐라!' 긴 젓가락으로 소망이 입을 때리며 나도 심술이 나기 시작했다.

"또 물어봐 또…."

입을 때리니 요리조리 잘도 피했다. 사랑이 배를 구멍을 내놓고 너는 아파! 톡. 제대로 맞았는지, 바들바들 움츠리며 소망이는 눈을 감고 쓰러졌다.

"소망아, 소망아, 너 뭐 하는 거야… 왜 그래? 눈 좀 떠봐. 소망아, 죽으면 안

돼! 죽으라고 한 거 아니란 말이야. 소망아, 어서 눈 떠, 어서!"

가슴이 덜렁 내려앉았다. 소망이가 꼬물꼬물하더니 눈을 떴다. 안도의 숨을 돌렸다. 소망이를 격려한 뒤 남편에게 전화를 했다. 소망이가 기절을 해서 놀랐다고, 듣고 있던 남편은 "가가 급소를 맞았고만." 가들은 주둥이가 급소라며 웃어댔다.

"사람이나 짐승이나 성질을 보려면, 눈을 보면 안다니게, 소망이 눈이 사랑이보다 성깔이 있어 보이거든… 못된 성질을 사랑이한테 다 부린다니까. 사랑이 물고 흔들어 대는 것이 아주 악질이라니까! 소망이가 나한테 맞은 뒤로는 손만 대려 해도 나를 물고 눈을 홀기며 요놈이 슬슬 피한다니까!" 그런 내 모습이 남편은 우스운지 재미있어한다.

저녁식사 자리에서 소망이가 사랑이 물어서 배 상처로 치료를 받았는데 연고 값이 14,000원이라고 했더니 듣고 있던 사위, "어머니. 가들 한 쌍 이천 원에 사왔어요." 한다. "그럼, 어떡해. 아픈 것을 죽어라 버릴 수도 없고…." 사위 앞에 민망한 생각도 들고 우리 장모님 개념이 없다고 생각을 하는 건 아닐까 2천 원에 사서 치료비가 14,000원이 들었으니. 그러니 잘 돌보지도 않으면서 다음엔 이런 거 사오지 말라고 말하고 싶었다. 불편한 내색을 하니, 성민이에게 정서적으로 좋을 거 같아서 사주었는데 돌보지도 않는다며 우리 딸이 투덜댔다.

다음날 학교에서 돌아온 성민이에게 "우리 햄스터 숲으로 보내주자. 생각해봐 너도 가둬 놓으면 얼마나 답답하겠어? 쟤들도 맘껏 뛰고 본능대로 살라고 숲으로 보내주자. 이거 쟤들한테 죄짓는 거야. 아무리 잘 해주어도 쟤들은 지들 방식으로 자연에서 살아야 좋은 거 아니겠어?" 싫다는 성민이, 집에서 기르던 걸 숲으로 보내면 적응을 못해서 죽는다고 찔끔거리며 눈물을 흘렸다. "햄스터는 외국에서 들어온 동물인데 재들, 숲으로 돌려보내면 우리 토종의 동물들 잡아먹어 씨를 말린다구요. 황소개구리 외국 종인데, 우리 토종의 개구리 다 잡아먹는다잖아요." 어린것이 환경까지 생각하며 돌려보낼 수 없는 마음을 말하는데 기특한 생각이 들었다. 그럼, 제대로 돌보라는 내 말에 안도를 했는지 눈물 젖은 눈으로 웃었다.

사랑이 부를 때와 다르게 소망이를 부르는 나를 보며, 우리 딸 "엄마 때문에 소망이 스트레스 받아서 죽겠단다." "소망이는 성질이 못되서. 미운 생각이 드는 걸 어쩌라고, 사람 못된 거 같다니깐! 성질머리 못되면 지나 힘들어야지 주변 사람까지 힘들게 하거든…!" 어느 날, 익산에 내려갔다 돌아와 보니 소망이, 사랑이가 없었다. "어떻게 된 거냐? 또, 탈출했나?" 묻자 "응, 엄마 개네들 죽었어!"

"왜, 애들이 죽어?"

"자고 일어나 보니 죽어 있잖아!"

애들은 혼자 죽지 않고 쌍으로 함께 죽는다. 사이가 좋지 않은데 쌍으로 함께 죽은 걸 보고, 참 의리 있는 동물이란 생각이 들었다. 사랑이 소망이 없는 장난감 같은 빌라가 휑했다. 앞으론 집에 동물 입주시키지 말라 당부를 했는데, 어느 날, 익산에 내려갔다 올라오니 또, 햄스터 한 쌍을 입주를 시켰다. 입주 2세대도 사랑이, 소망이라 불렀다.

야행성인 애들, 바스락거리는 소리, 갱년기 이후 잠과 전쟁을 하는데… 밤마다 이 녀석들의 찍찍 거리는 리드미컬한 속삭임이 궁금해진다. 주둥이를 서로 비벼대며 사랑이가 달아나면 소망이 뒤쫓고, 꼭 얼굴을 맞대고 앉아있고 낮에는 톱밥 속에 굴을 파고 들어가 볼 수가 없다.

사랑아, 소망아 부르면 알아듣고 두 마리가 동시에 고개를 내밀고 쏘옥…. 눈은 반쯤 감고서 주둥이를 흔들어 댄다. "사랑이, 소망이 부르는 소리 알아들었어. 거기 있었어? 아휴, 귀엽기도 해라. 우리 사랑이, 소망이 밤에 실컷 뛰고 피곤해 자고 있는데…. 깨워서 미안해! 어서 들어가 자아!" 나를 보며 계속 주둥이를 흔드는 것을 보면 예뻐하는 줄 아나 보다. 돌아서며 웃음이 났다. 나도 외로운가 보다. 익산에 홀로 있는 남편 모습이 떠오른다. '전화기를 들고 무슨 얘길 해야 남편이 웃어줄까…!' 상상을 하며 여보세요, 여보세요, 요요요! 남편이 외출을 했는지 전화를 받질 않는다. 귀여운 여인의 음성, 여보세요만이 귓전에 되돌아왔다.

내 마음의 풍경 무자위

논둑길 따라 새참을 이고 걷는 저만치, 물자세 위에 아버지 장날, 공 마당에서 줄을 타던 곡예사처럼 하늘 속을 걷고 있다. 처마 밑에 묶어놓은 물 자세 세끼 줄이 끊어져 소꿉놀이하던 막내딸을 내리 덮쳐 코를 잘라놓은 옛것은, 도끼로 찍어 아궁이에 태워버리더니, 새로 장만한 물 자세, 높은들 일곱 마지기 갈라져 가는 논뺌이에 물을 긷고 계신 아버지. 넓은들 아득한 곳에 홀로 그렇게… 하늘 속을 무작정 걷고 있었다. 내 재촉하는 걸음에 땀이 베일쯤에도 여전히 고향 쪽을 향해서 멈춰있는 듯한 풍경!

옛 시절을 그리워하며 소식을 묻고 계시는지, 힘든 기색도 없이 너울너울, 구름 한 점 걸칠 곳 없는 푸른들 물자세 위에 모시 남방에 바짓가랑이 잘근 걸어 올린 잘 익은 고구마 같은 다리로, 들석 들석, 아버지의 꿈이 영글 허연 보석이 일곱 마지기 논바닥에 부서져 쏟아내렸다.

새참을 보시고 물 자세에서 내린 울 아버지. 마치 논두렁이 따뜻한 안방인 양 편안하게 앉아 막걸리 한 사발에 돼지 고추장 볶음을 맛깔스럽게 드시며, 여러 식구 먹기도 적은 고기를 떼어두어 새참으로 내오는 딸의 손끝이 살림꾼이라고 반기셨다.

"그려, 그거 한 입이 참, 쌈박 허니 맛있다."

돼지고기 쌈박한 맛이 어느 고기보다 맛이 있다고, '생전에 할아버지도 돼지고기 배복 삶아드리면 먹을 것 귀하던 그 시대에 그렇게 잘 드셨다고…!' "같은 비계라도 돼지 배복 비계는 고들고들 허고 느끼하지 않아 맛이 있거든, 할아버지가 한입 넣어주던 맛이 참, 기 막 기게 맛있었거든!" 긴 가뭄 한 줄기 작살비로 해갈을 하듯, 아버지 15살에 떠나신 할아버지 사랑 목이 말라 갈증이 나는지, 이 딸은 얼굴도 모르는 할아버지 얘길 풀어 놓으며 막걸리 한 사발을 연거푸 들이키며 술이 다디달다며, 딸의 얼굴을 가뭄에 해갈을 한 논바닥 보듯 했다.

아버지가 내려온 물자세 위에 겁도 없이 올라가 하나둘, 하나둘, 속으로 구령에 맞춰 물 자세를 밟아대는 이 딸을 바라보는 아버지의 환한 얼굴, "너, 언제 해 봤다고 물자세를 그렇게 잘 밟아…! 처녀농군이 따로 없구먼."

아무리 밟아도 아버지 같은 모습은 아니었다. 담대해 보이던 어깨, 그을린 얼굴, 걷어 올린 팔의 불끈한 힘줄은 한 가족을 이끌어가는 가장의 상징처럼 보였다. 아버지는 잠시 담배 한 대 피우며 오늘 일몰 전까지만 물을 대면은 아쉬운 대로 야들이 목은 좀 축일 것 같다며 목말라하는 자식에게 물을 먹이듯 했다. 비바람에 쓸린 벼를 보면 길 가다가 넘어진 아이인 양 애달파하며 그 넓은 논에 벼를 일으켜 묶어 세웠던 아버지였다.

"야들을 묶어주지 않으면 싹이 나고 결실이 좋지 않아 다 묶어 세워주어야혀…! 농사 다 지어놓고 쭉정이 되면 공판을 혀도 등급도 제대로 안 나온 다링게…! 수십 가마 공판을 하니, 한 등급만 잘못 맞아도, 돈이 얼마나 차이가 나는디! 남들 것은 다 찔러 빼보아도, 내 것은 몇 개만 찔러보고 볼 것도 없다던 벼인디! 한 번은 처음 보는 검사관이 건조가 덜 되었다고 2등을 주잔여! 벼를 한 주먹 들고 가서 건조가 덜된 벼가 이렇게 부서지는 거 봤냐고 깨물어 보여 다니게! 검사관이 바쁘다고 나를 피하더니만 그 뒤 농협에서 나를 보면, 윤 주사님, 윤 주사님, 허고 부르더라고!" 농학박사 1호라는 아버지의 뭉그러진 자존심, 그때 딱 한 번 그랬어… 라고

물길 좋지 않아 무자위로도 가뭄 해갈을 감당하기 힘들다는 일곱 마지기 논 뺌 이를 팔아 아버지는 서울에다 집을 샀다. 자식들만큼은 아버지 같은 뼈아픈 삶을 벗어나야 한다는 집념은, 장남인 오빠 희망하던 대학 시험 봐서 떨어지면 도저히 볼 수 없다고… 나와 함께 서울로 쫓아 보낼 거란 계획하에, 그런데 어쩌랴, 어려운 통과 의례 치르고 당당히 대학에 합격을 했으니, 아버지의 예상이 빗나가 서울 집을 이런저런 권유로 인해 팔게 되었는데… 농촌에선 농사일 끝난 겨울에 쌀 계 등, 다음 해를 위한 예산들을 준비하는 시기를 놓쳐 경제 활동이 중단된 시기, 투자처며 용처가 명확하지 못해 집을 판 돈이 관리가 잘못된 탓으로 흩어지고 말았다.

오랜 세월 걸려 지인에게 빌려준 돈 나누어 받은 아버지. "땅덩이 팔아 개떡에 끼니이듯 한다고…." 넋두리를 하시며 그 당시 팔지 않고 두었으면 큰돈이 될 호기를 놓쳤다고 아쉬워하며 그래도 돌려주는 사람 마음이 싹수가 좋은 사람이라고 고마워하셨다.

살림에 지혜는 버는 것도 중요하지만 돈 새는 구멍부터 막아야 한다는 아버지가 큰 것을 잃고, 작은 것을 챙기느라 손바닥에서 흘려버린 낱알을 줍듯 했다. 부지런하고 성실한 아버지이지만 요즘처럼 시청각이며 정보가 열려 있던 시대도 아니고, 미래에 대한 예견이나, 세상 흐름이 아버지의 삶과는 관

계가 없는 듯이 귀 닫고 사는 외골수적인 성품에, 봄, 여름, 가을을 낮, 괭이, 삽자루를 손에서 놓는 날 없이 친구삼아 살았으니 사회를 잘 모름으로 인해, 더 많은 부를 축적할 수 있는 기회를 상실하고 엄마의 가슴에 염장을 치는 일을 간간이 벌이지 않았을까 하는, 나의 생각이 머물러있다.

물자세가 준비되지 않았을 때 순둥이 올 엄마, 새벽에 고픈 배 참아가며 아버지와 함지박으로 물을 퍼올릴 때 어깨가 아려서 힘들었다는 그 수고는 어쩌랴! 일곱 마지기 논 팔아 샀다는 집은 구경 한 번 해본 일이 없이 집 팔아내려 온 돈, 순둥이 엄마는 손도 못 대본 것을…. "물 함박 퍼 올리는 게 너무 힘들어서, 내가 느 아버지보고 논 뺌이 팔아버리자 혔어! 물자세로 품어 대는 것도 그렇고!" 엄마는 무슨 비밀 인양 내게 들려주었다.

지금의 아이들은 물자세가 무엇인지도 모를 헐벗은 역사의 뒤안길로 밀려난 문명의 이기, 수로시설이 좋지 않은 높은 논이나, 밭에다, 물을 자아올리던 고단한 물체는 지금은 어느 민속 박물관이나 가야 볼 수 있는 진부한 농경문화에 향수를 자아내지만, 경리정리를 해 수로가 원할해지니 실용에 가치를 상실한 채, 오랜 날을 덩 그라니 후미진 이웃 처마 밑에 매달려 바람벽을 하다가 우리 집 돼지 잡는 날, 아궁이에 바스라든 몸을 활활 태워 소신공양을 했다.

경신庚申년에 위암 말기로 아버지 세상을 떠나신 뒤, 등허리에 파스 붙여줄 사람도 없다고 눈시울 그렁그렁 적시는 엄마, 이 딸 만 보면 옛일을 어제 일처럼 실뜨기하듯 펼친다. 엄마 몸 구석구석, 두 장 세 장, 겹겹이 훈장처럼 붙어 있는 한방 파스, 얼마나 아프면 구멍 난 방문에 문종이 덧발라놓듯. 겹겹이 파스를 붙이고 계실까! 가을 들녘에 서리 맞은 콩잎처럼 시들어가는 엄마의 자화상이 애처롭기만 한데. 지금도 친정집 문밖에 서면, 출가 전 경리 정리로 사라진 일곱 마지기 물자세 위에 물길 밟던 내 아버지 모습은, 그림처럼 너울너울⋯. 어느 서부영화의 한 장면인 쌍두마차처럼 넓은 들판을 달려오는 듯하다. 드넓은 푸른 들에 물자세 위의 아버지, 그림 전시에 내놔도 손색없을 풍경, 그림 잘 그리는 오빠에게 그려보라 권해야겠다.

'작품명.' '일곱 마지기 논 팔아 개떡으로 끼니이듯이라고⋯!' 은유적 표현보다는 직설적 표현을 쓸까! '논 팔아서 개떡 사 먹었다고⋯!' 엄마에게 했던 말인데, 혼자서 미친 듯이 웃어대던 눈이 촉촉해졌다.

부치지 못한 편지

네가 그걸 알았더냐!
저미는 고독이란 것을
버거운 삶 그랬었냐며
건네주신 시계는 멈추었네요.

언제든 뵐 수 있었는데
이젠, 휑한 그리움만 가득
눈시울 적셔내는
불리할 수밖에 없는 기억들

편안하신가요?
계신 듯 안으려 해도 섧기만 하고
어릴 적 손잡아 주시며
환하게 웃어주시던 모습,
힘겨운 그 상황마저도
감춰 보이시려던 애잔함까지
그리워지는 사연 안고서
부치지 못함을 어찌해야 하나요.

그리운 할머니

내 가슴 화첩 속에 피고 지는 꽃밭

오늘도 그리움 꽃비 되어 내리네,

고운 추억 푸르던 날에 행복에 지신밟기를 하던 날

허기에 지친 마귀에 희유로 정든 임 한울님 품에

고운 임은 지신님 품에 아름다운 불꽃은 무덤 속에 잠들고

몹쓸 사람 가다가 발병이 나라 차마 빌지도 못한 가슴엔

얼음꽃이 피었다네!

메아리도 주지 않는 매정한 임, 한울님 품에 꽃자리 폈을까

잊는 길이 살길이라 지워도 지워도

절통한 가슴은 시뻘건 멍울이 맺혔다더니

질긴 삼 줄 같은 운명을 온몸으로 끌어안고

익모초보다 쓰디쓴 세월에 턱밑까지 차오르던 아픔이

타다 삭은 숯 검 뎅 이 둔덕을 이루어

품에 맞는 적삼이 있을까 싶네!

손 귀한 집안에

육 남매 쌈 줄을 가를 때마다 따뜻한 품 곁에 주던

삼베적삼 작은 등 맑은 물로 토닥토닥 적셔주던

품이 넓어 몇 치인지 어림도 못 한다던 속절없는 정

절굿공이 되어 내가 죽으면 가슴이 먼저 주저 앉으리라던 임

천명을 다하는 그 날까지 살붙이들 곱게도 감싸주더니
둔덕에 터지는 연분홍 그 입술
가물가물 아지랑이 속을 물들이던
복숭아꽃 살구꽃 같은 향기만을 남겨 두고서
임 곁으로 떠나는 날 그리도 부끄러운지 풀 죽은 옷 한 벌에
기척도 없이 야삼경 깊은 밤에 기약 없는 길을 떠나시었네.
모진 세월에 사윈 몸,
따라가지 못한 몹쓸 사람이라던 임에게로 가시는 길
날개옷도 아니시니 지치지는 않으셨을지.

그대 있음에

그 사람, 넥타이를 매고 돌아보며 이뻐?
어 아주 이~ 뻐! 겁나 멋~져!
저게 좋아? 이게 좋아? 어~둘 다 이~뻐!
무엇을 해도 멋~져!
눈꼬리를 길게 접은 아주 이~ 뻐가 돌아선다.
겁나 멋져가 돌아선다.
한껏! 멋부린 잰걸음으로~!

나 좀 봐요 이 뻐~?
어 되게 이~뻐! 되~게 멋져!
그리 쉽게 말하지 말고 제대로 봐요
어 묽게 봐도, 되직이 봐도 아주 이~ 뻐!
묽게도 되게도 파안破顔으로 반죽을 한다.
되게 이~ 뻐, 되게 멋져! 그의
낯간지런 아부가 속알머리 없이
징허게도 좋다.

민연숙

참을 수 없는 외침
허공에 휘저어 본다.

시

고향 생각

박꽃

목련

어머니

여름

PROFILE

충북 청주 출생. 시계문학회 회원

고향 생각

여름 한낮
책 보자기 툇마루에 던져놓고

뒤뜰 맑은 샘물
사기발에 담아
모래알 같은 꽁보리밥
국간장에 한 숟가락 넣고

친구 한입
나 한입

긴 햇살 노을 품고
서선 넘으면
울 엄마
흰 광목치마 노을에 물들이고
머리엔 광주리
총총걸음
싸리문 들어선다

박꽃

박꽃이 핀다

시린 달빛 머금고
하얗게
하얗게 핀다

먼 길 고향 떠나
시집온 새색시
잠 못 이뤄 헤매일 때

박꽃은
이슬 먹은 박꽃은
밤새도록
하얗게 피었다

목련

한 점 구름 없는
푸른 하늘을 바라보고 있는
목련은
눈이 부시도록 희다

살을 에이는 겨울바람에도
솜털 같은 작은 입
꼬옥 오므린 채
모진 겨울 이겨내곤

가랑가랑 봄비 내리던 날
진달래 개나리꽃 색 맞추어
환한 웃음으로
찾아왔다

어머니

목화꽃 같은 흰 얼굴엔
주름 가득
세월의 흔적이 켜켜이 쌓이고

다소곳이 여민 가슴엔
차마 쏟아내지 못한 설움이
내泉를 이뤘다

꽃 같은 젊은 청춘
어린 자식 품에 안고
땀과 눈물로
허기진 배를 채워 주시고
밤낮없이 온몸으로
감싸 안고 길을 닦아
온전한 나무가 되도록
육신의 고통일랑 접어 두셨던 어머니

이제
품 안의 자식들은

황금빛 넘실대는
풍성한 가을 들녘인데

당신은 흰 침상에 말없이 누워
무거운 육신의 무게를
비워내고 계시다

어머니 어머니
꽃비 내리는 어느 날
깃털 같은 영혼
은빛 부서지는 목선에 맡기시고
고통 없는 영원한
여행길 떠나소서

여름

한 아이가 토담 길따라 모퉁이를 돈다
여름날의 긴 햇살이 마을을 덮고
삽살개도 늘브러졌다

아이는 벌써 열 번째
모퉁이를 돌고 있다

해는 기울고
담장 밑엔 설익은 포도송이가 드리웠다
꼬르륵
참을 수 없는 외침에
작은 손을 허공에 휘저어 본다
애꿎은 호박 넝쿨만 잡혔다

오늘은
까마중도 없네

문학과 삶의 거리

지연희 | 시인 수필가

문학과 삶의 거리

지연희 (시인, 수필가)

문학이라는 대상을 삶의 중심축으로 품고 34년의 시간을 흘러왔다. 돌아보니 한순간에 저무는 낮과 밤처럼 유심한 듯 무심한 듯 스쳐 지나갔다는 생각이다. 처음 문학이 내 육신의 밭에 마른 씨앗처럼 스며들었을 때 내 눈물에 젖은 감성과 설익은 지성은 한 치 앞도 감당할 듯 싶지 않았다. 손에 잡은 펜 끝은 글의 길을 찾지 못하고 진땀을 흘리기 일쑤였다. 수필이라는 장르적 특성은 사실 체험을 이야기 문학으로 문장화시켜 의미를 확장시키는 구조임에도 불구하고 매번 전전긍긍하기만 했다. 나는 내 글이 하찮은 신변잡기에 지나지 않는다는 부끄러움에서 쉽게 벗어나지 못했다. 많은 수필가들이 초기 작품에서 무심코 빠질 수 있는 늪은 신변잡기라는 길이다. 문학은 작가의 주관적 신변잡사의 시각을 객관적 넓이로 특수화시켜야 한다.

첫 번째의 수필집이 일상의 이야기에 머무는 삶의 편린들을 접사해내는 사진이었다면 두 번째 수필집은 명성 있는 사상가들의 명언이나 잠언에 대한 질문과 대답을 나름의 사유를 통하여 보여주려 애를 썼다. 결국 새의 깃털처럼 가벼운 수필 속에 조약돌만큼의 무게라도 담아보겠다는 욕심이었다. 이후 글은 써서 독자에게 버리는 것이라는 선배 문인의 말씀에 따라 몇 권의 수필집이 출간되었다. 그리고 나는 다소 여유로운 마음으로 따뜻한 서정과 반짝거리는 지성으로 빛나는 문장을 탐내고 있었다. 더불어 책이 거듭 출간되는 과정은 조금씩 내 삶과 문학이 성숙되어 가는 길이라는 것을 터득했다. 풀리지 않는 실타래를 한 올 한 올 풀어내듯 시간은 내 삶을 오직 문학인 이상의 무엇으로도 말하려 하지 않았다.

시 공부를 하고 시인의 이름을 수필가의 이름 곁에 접목하면서 나는 세상에 존재하는 모든 대상들의 관계는 서로 하나가 되어 손을 잡으려는 화해의 몸짓이라는 깨우침에 머무를 수 있었다. 세상에 놓여진 모든 존재가 사물이든, 인물이든 생명이 있거나 생명이 없는 존재일지라도 하나로 동일시하여 화합하는 일은 아름다움이라는 믿음에 눈뜨기 시작했다. 현존하는 모든 대상들과 너와 내가 하나가 되는 물아일체物我一體의 경지에 머물 수 있는 그 시점은 궁극적으로 너와 나의 존재의 가치는 별개가 아니라는 일이다. 한 마리의 가재미가 수조 속 중병을 앓고 있는 여인이 되어 죽음에 이르는 문태준의 시 「가재미」와 끓인 간장에 스며드는 꽃게의 알들에게 모성의 깊은 사랑을 보여주는 안도현의 시 「스며드는 것」을 감상하고 나면 생명의 소중한 가치를 느끼지 않을 수 없다. 시 정신이 기본적으로 머물러야 할 일은 '너의 생존의 이유는 나의 생존의 이유'에서 벗어날 수 없다는 것이다. 사람과 물 속 생명들의 동일시를 통하여 서로 다를 생명의 種일지라도 삶의 존재적 이유는 다르지 않다는 사실이다.

김천 의료원 6인실 302호에 산소마스크를 쓰고 암 투병 중인 그녀가 누워 있다

바닥에 바짝 엎드린 가재미처럼 그녀가 누워있다

나는 그녀의 옆에 나란히 한 마리 가재미로 눕는다

가재미가 가재미에게 눈길을 건네자 그녀가 울컥 눈물을 쏟아 낸다

한쪽 눈이 다른 한쪽 눈으로 옮겨붙은 야윈 그녀가 운다

그녀는 죽음만을 보고 있고 나는 그녀가 살아온 파랑 같은 날들을 보고 있다

좌우를 흔들며 살던 그녀의 물속 삶을 나는 떠올린다

그녀의 오솔길이며 그 길에 돋아나던 대낮의 뻐꾸기 소리며

가늘은 국수를 삶던 저녁이며 흙담조차 없었던 그녀 누대의 가계를 떠올린다

두 다리는 서서히 멀어져 가랑이지고

폭설을 견디지 못하는 나뭇가지처럼 등뼈가 구부정해지던 그 겨울 어느 날을 생각한다

그녀의 숨소리가 느릅나무 껍질처럼 점점 거칠어진다

나는 그녀가 죽음 바깥의 세상을 이제 볼 수 없다는 것을 안다

한쪽 눈이 다른 쪽 눈으로 캄캄하게 쏠려 버렸다는 것을 안다

나는 다만 좌우를 흔들며 헤엄쳐 가 그녀의 물속에 나란히 눕는다

산소 호흡기로 들어 마신 물을 마른 내 몸 위에 그녀가 가만히 적셔 준다

-문태준의 시 「가재미」 전문

꽃게가 간장 속에

반쯤 몸을 담그고 엎드려 있다

등판에 간장이 울컥울컥 쏟아질 때
꽃게는 뱃속의 알을 껴안으려고
꿈틀거리다가 더 낮게
더 바닥 쪽으로 웅크렸으리라
버둥거렸으리라 버둥거리다가
어쩔 수 없어서
살 속으로 스며드는 것을
한때의 어스름을
꽃게는 천천히 받아들였으리라
껍질이 먹먹해지기 전에
가만히 알들에게 말했으리라

저녁이야
불 끄고 잘 시간이야
        - 안도현의 시「스며드는 것」전문

     문학은 작가의 가슴 속에서 불길 번지듯 일어나 쓰지 않으면 안 될 견딜 수 없는 의미를 언어를 빌어 기록하는 작업이다. 때문에 언어는 의미를 담는 그릇이며 이로 비롯된 문학이라는 이름의 작품은 그릇에 담긴 윤기 어린 먹음직한 음식이다. 문태준이 지시한 시의 화자가 수조 바닥에 바짝 엎드린 가재미처럼 그녀 곁에 함께 누울 때 '가재미-그녀-화자'는 죽음 저 늪으로 빠져드는 생명 하나의 아픔을 서로 나눌 수 있는 위로가 된다. 어미 꽃게가 등판에 간장이 울컥울컥 쏟아질 때 꽃게는 뱃속의 알을 껴안으려고 꿈틀거리다가 버둥거린다. 그리고 천천히 한때의 어스름으로 대리된 죽음을 받아들이며 알들을 위무하는 모성의 가슴 뜨거운 말을 전해준다. 죽음의 아득한 슬픔조차 알지 못하는 알들에게 전하는 '저녁이야/불 끄고 잘 시간이야'라는 다독임은 세상 모든 어미의 가슴 저미는 아픔을 대신하고 있다.

어둠의 눈물처럼 비 내리던 날
너를 품에 안고 네 평생의 그림자 묻기 위해
안개비 내리는 동산에 올랐다
미리부터 질펀하게 젖은 내 슬픔을 기다리던
두 자 남짓의 산기슭은 알맞게 제 살 내어주고
살아서 고단했던 육신의 너울 벗어주라 했다
지폐 세 장 품에 넣어주며 잘 가라는 인사 겹으로 덮는데
빗방울이 소리 내어 울었다
지난 가을의 흔적 아직 흙이 되지 못한
갈참나무 앙상한 잎 몇 개 꽃잎으로 뿌려주며
흙 속에 묻혀 보이지 않는 너를 배웠다
저만치 지켜보는 돌멩이 하나가 자청하여 비석이 된다기에
비문 몇 자 적는다
'눈이 예쁜 참사랑이 지다'
벼랑 끝에서도 내 사랑을 지키던 너를 보내며
한여름 이별의 슬픔이 겨울처럼 춥다는 걸 알았다

가끔 너의 이름을 부르기 위해
이 생명의 기슭을 오르리라

　　　　　　　－지연희의 시 「너를 보내며」 전문

시 「너를 보내며」는 생명이 소멸된 대상(너)을 피부로 인지하며 생과 사의 그 순간 선택의 모순을 아픔으로 맞이하는 과정이다. 아주 작은 맥박 하나로 생명은 회생하고, 소멸된다는 안타까움을 배면에 깔아 의미를 세우고 싶었다. '너'는 한 마리 애완견이지만 굳이 누구라는 설명은 독자에게 맡기고 다만 세상에 존재했던 생명 하나가 어느 날 죽음을 안고 주검으로 땅에 묻히는 슬픔을 살아남은 이가 감내하는 모습이 이 시의 흐름이다. 티끌처럼 가느다란 목숨 줄 하나가 무엇인지 찰나의 순간 끊어져 아무것도 아닌 바람 빠진 고무풍선 같은 허깨비로 존재조차 사라진다는 허무를 그리려 했다.

'갈참나무 앙상한 잎 몇 개 꽃잎으로 뿌려주며/흙 속에 묻혀 보이지 않는 너를 배웠다' 이 두 행이 담고 있는 의미가 이 시의 주제 의식이며 이 시가 존재하는 목적이기도 하다. 삶과 죽음의 경계란 눈에 보이는 것과, 보이지 않는 것이라는 이해이다. 물론 가시적인 시선으로 눈앞의 사물과 눈 밖의 사물을 말하려 함이 하니라 존재의 유무를 가늠하는 말이다. 흙 속에 묻혀 보이지 않는 너는 잠시 모습을 감추고 사라진 대상이 아니라 다시는 인연의 끈으로 만나지 못하는 영원한 이별을 의미한다. 어느 날 낙엽처럼 떨어져 사라진 생명들을 그리워하게 된다. 그리고 어느 날 멍하니 세상에 존재하지 않는 사람들을 추억하며 과연 그들이 세상에 존재하긴 했었던가를 돌아보며 망연히 창밖을 내다볼 때가 있다.

생명이 있는 모든 존재들의 생존의 의미는 태어나고 성장하고 자식을 낳고 죽음에 이르는 일이다. 식물이거나, 동물이거나, 사람이거나 각기 제 모습대로 어버이의 몸을 거쳐 그 어버이의 길을 답습하는 일이다. 문학은 끊임없이 우주적 진리를 밝히는 것이며 그것은 모든 존재가 지닌 생존을 위한 삶의 희로애락에 있는 것이다. 슬픔 속에서 행복을, 기쁨 속에서 불행의 가치를 엿듣는 일이며 그 절대한의 부딪침은 아름다운 세상을 여는 생명의 길이다. 간혹 눈에 닿는 모든 사물들이 생명은 지니지 못했으나 각자의 말을 하고 내 말을 듣고 있는지 모른다는 생각을 할 때가 있다. 어쩌면 뚫어지게 나를 바라보고 있는지 모른다는 생각에 머무르게 된다. 그리고 나는 그들과 하나로 동일시되기 위해 그들의 말을 듣는 방법을 생각해야 한다. 귀가 없이 듣는 말, 입이 없이 말하는 말, 눈이 없이 바라보는 시선을 익혀야 한다.

애어리염낭거미는 볏과의 잎에 알집을 짓고 새끼가 부화하면 그 새끼를 지키고 있다가 새끼들의 먹이로 제 몸을 내어주고 생을 마감한다고 한다. 평생 가족을 위해 헌신한 가장이 깊은 병으로 사경을 헤매는 이야기를 애어리염낭거미의 일생으로 비유한 수필을 읽은 적이 있다. 아궁이의 불씨를 살리기 위해 바람을 일으키던 창고에 버려진 낡은 풍구를 바라보며 가족의 생계를 이어가기 위해 헌신하던 어머니의 일생을 그렸던 수필도 감상했다. 바다로부터 시작된 생명의 발원이 길이 되지 못한 뱀으로, 용이 되지 못한 이무기가 되어 요동치는 수필을 감상했다. 문학은 삶의 체험 속에서 출발한다. 직접 체험한 일이거나 간접 체험한 일 모두가 세상에 놓여진 삶의 가닥이다. 이 체험의 크기는 작가가 내장한 삶의 철학과 사고의 깊이로 다양한 소재를 차용해 버무려야 할 접시 위에 놓인 음식이다.

길은 애초 바다에서 태어났다. 뭇 생명의 발원지가 바다이듯, 길도 오래전 바다에서 올라왔다. 믿기지 않는가. 지금 그대가 서 있는 길을 따라 끝까지 가 보라. 한끝이 바다에 닿아 있을 것이다. 바다는 미분화된 원형질, 신화가 꿈틀대는 생명의 카오스다. 그 꿈틀거림 속에 길이 되지 못한 뱀들이 용이 되지 못한 이무기들이 와자하게 우글대고 있다. 바다가 쉬지 않고 요동치는 것은 바람에 실려 오는 향기로운 흙내에 투명한 실뱀 같은 길의 유충들이 발버둥 치고 있어서다. 수천 겹물의 허물을 벗고 뭍으로 기어오르고 싶어 근질거리는 살갗을 비비적거리고 있어서이다.

운이 좋으면 지금도 동해나 서해 어디쯤에서 길들이 부화하는 현장을 목도할 수 있다. 물과 흙, 소금으로 반죽된 거무죽죽한 개펄 어디, 눈부신 모래밭 한가운데서 길 한 마리가 날렵하게 튕겨 올라 가늘고 긴 꼬리로 그대를 후려치고는 송림 사이로 홀연히 사라질지 모른다. 갯벌이나 백사장 속에서 길을 발견하지 못했다 해서 의심할 일도 아니다. 첨단의 진화생물체인 길이 생명체의 주요 생존 전략인 위장술을 차용하지 않을 리 없다. 흔적 없이 해안을 빠져나가 언덕을 오르고 개울을 건너 이제 막 모퉁이를 돌아갔을지 모른다.

-최민자의 수필 「길」 중에서

오래된 물건들이 어우러져 있는 가게에서 풍로를 봤다. 할 일을 다한 사람처럼 의연히 앉아 있는 풍로는 잊었던 어머니를 생각나게 했다. 꺼져가는 불씨를 살려주고 꿈과 열정을 부추기던 어머니가 생각났다. 시대를 흘러 먼지가 닦인 채 저녁 햇살을 받고 있는 저 풍로는, 누구의 곁에서 삶을 지피다 여기까지 흘러온 것일까. 한 가정의 고락을 사랑의 바람으로 변화시킨 수고가 고스란히 느껴졌다. 고귀한 삶이다. 풍진 세상을 살던 어머니도 지금은 평안 속에 머물러 있다. 희생으로 점철된 삶이 가슴을 흔들어 놓는다. 한달음에 달려간 기억이 그

품을 파고든다. 생각에 젖어 한참을 바라보던 눈길을 거두고 발길을 돌렸다. 나를 두고 홀연히 떠난 어머니처럼 나 또한 어머니 같은 풍로를 두고 떠나왔다.

세상을 존재케 하는 것은 풍로 같은 사랑의 바람 덕이다. 어머니에서 자녀로, 자녀에서 그 자녀로 끊이지 않고 이어지는 어머니들이 세상을 버티게 했다. 뜨겁고 힘 있는 열정이었다가 점점 힘을 잃으면 뒤이어 살아나는 새로운 바람, 그렇게 세대는 교체됐다. 어머니가 되면 안다. 풍로 같은 심장을 쉼 없이 움직여 자식의 꿈을 지피고 희망을 살려내야 한다는 것을. 상처 난 가슴에 사랑의 약을 발라 새살이 돋게 용기를 주어야 한다는 것을. 구석구석 어둠을 몰아내고 평안과 행복을 햇살처럼 피워내야 하는 것은 어머니만이 할 수 있는 일이다. 한평생 일궈내는 사랑의 바람은 삶의 이치를 깨닫는 눈을 뜨게 하고 보잘것없는 삶을 보석과 같이 빛나게 만든다. 삶의 참 의미를 깨닫게 해주는 어머니, 얼마나 고귀한 이름인가.

―김태실의 수필 「꿈을 지피는 풍로」 중에서

감히 나는 글을 쓰는 과정에서 어느 한순간도 글이 써지지 않는다 하여, 어떤 성과가 손에 잡히지 않는다 하여 포기한 적이 없다. 문학은 끊임없이 정상을 향해 묵묵하게 걸어갈 뿐 내 생이 끝나기까지 정복시킬 수 없는 절대 고지라는 생각이다. 문학은 작가가 포착한 하나의 대상에 대한 완숙으로 가는 걸음이며. 기존의 존재에 대한 새로운 평가일 수도 있다. 하나의 묶음에서 낱낱으로 떨어진 것들을 낯선 시선으로 모으고 재생산해내는 작업이다. 또한 책 읽기를 외면하고 있는 독자에 대한 간곡한 손짓이며 보편적이며 낯익은 것들로부터의 탈출을 시도하는 작업이지 싶다.

오늘 우리의 삶은 인터넷 시대가 도래되어 모바일 정보 공유의 확충으로 스마트폰 하나면 다양한 문화 콘텐츠를 선별하여 예술 기능에 접근할 수 있는 현실 속에 있다. 반하여 급격히 증감되고 있는 독서 인구는 문학인들에게 따가운 매를 들어 주문하고 있는 것 같다. '관점의 시야를 넓혀라' '더 신중해져라'는 경고에 대응해야 한다. 한 사람의 독자만으로 충분하다는 어느 원로 시인의 말씀이 지워지지 않는다. 문학은 작가 스스로를 단련시키는 용광로인지 모른다.

奇

기　　　이　　　한

시계문학 여덟 번째 이야기

緣

인   연

탁현미 박명규

임정남 이순애

김옥남 박진호

김복순 손거울

이광순 최완순

박옥임 권소영

이흥수 황혜숙

정선이 최레지나

김은자 이개성

심웅석 윤정희

민연숙

奇緣

시 계 문 학